美麗島

陳秀喜　詞
梁景峰　改寫
李雙澤　曲

D調　¾

‖: 3-3 ｜ 252 ｜ 1-1 ｜ 6̣-06̣ ｜ 5̣-7̣ ｜ 724 ｜ 6-4 ｜ 5-· ｜ 3-33 ｜ 252 ｜

我們搖籃的　美麗島　是母親　溫暖的　懷　　抱　驕傲的　祖先們
婆娑無邊的　太平洋　懷抱著　自由的　土　　地　溫暖的　陽光

　　　　　　　　　　　　　　　　　　　　55 ｜ i-ii ｜ i2i ｜ i-· ｜ 5-i ｜
1-1 ｜ 6̣-· ｜ 5̣72 ｜ 432 ｜ 2-7̣ ｜ 1-11 ｜ 4-44 ｜ 6i6 ｜ 5-· ｜ 3-5 ｜

正視著　正視著　我們的　腳　步　他們一　再　重覆的　叮　　嚀　不
照耀著　照耀著　高山和　田　園　我們　這裡有　勇敢的　人　　民　篳

i 7-7 ｜ 7-2̣ ｜ i-5 ｜ 5-55 ｜ i-ii ｜ i2i ｜ i-· ｜ 5-i ｜ 7-7 ｜ 7-6 ｜ 5-54 ‖
2-2 ｜ 2-6̣ ｜ 5̣-3 ｜ 3-11 ｜ 4-44 ｜ 6i6 ｜ 5-· ｜ 3-5 ｜ 2-2 ｜ 2-4 ｜ 3- 2 ｜

要忘記不　要忘記　他們一　再　重覆的　叮　嚀　篳路　藍縷以　啓　山
路藍縷以　啓山林　我們　這裡有　無窮的　生

┌────────(Ⅱ)────────┐
3- ｜ 3-· ‖ 5-0 ｜ 005 ｜ 2-0 ｜ 006 ｜ 500 ｜ 005 ｜ 227 ｜ 1-· ｜ 1-· ｜
1-1 ｜ 1-· ‖ 3-5 ｜ 2-0 ｜ 006 ｜ 5-0 ｜ 005 ｜ 2-0 ｜ 027 ｜ 1-· ｜ 1-· ｜

林　　命　水　牛（水　牛）稻　米（稻　米）香　蕉（香　蕉）玉蘭　花

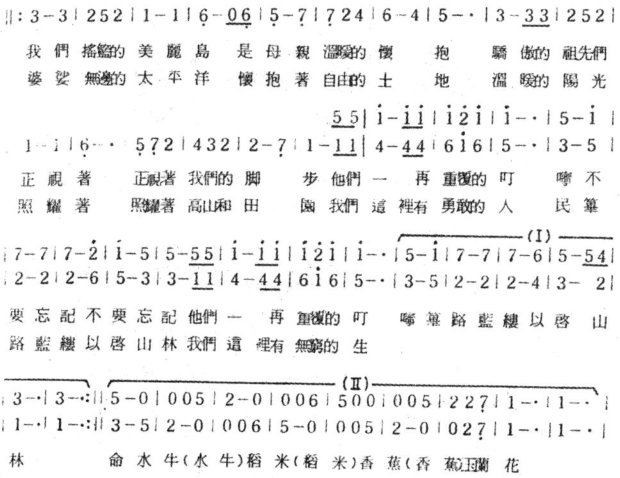

摘自一九七八年九月十九日「李雙澤紀念演唱會」節目冊，距他逝世一年零九天。

耳朵借我

馬世芳

目錄

輯一——刀子一樣的風

輯二——你轉回頭

輯三—
溯流靜聽

輯四——以歌築城

推薦序

世芳老弟：

讓我老實跟你說，即便並不動聽。
從不主動或者能免則免，我極少看樂評或是相關的文章。
能給我啟發的不多只是一小部分原因。
主要是我想純粹地、主觀地、不受影響地去完成一首歌或是一張專輯的製作。
當我交出母帶的時候工作已然完成，
專輯的銷售、外界的評語、歌者的成敗，我並不在乎。

一張專輯的製作對我而言意味著是要去說服、去感動、去帶領一個團隊，
一起相信這十首歌能為歌者創造奇蹟，能為時代留下印記。
身為製作人背負著一個歌者或者是一個公司的未來，
他憑藉著的是信仰般的虔誠與千萬人吾往矣的勇氣。

我知道這樣的態度當然有失偏頗，但是大半輩子的音樂人生涯也就這樣過來了。

然而其實無礙，
你的文章我雖然不多看，但卻必須承認持續暗中觀察。
所以在你新書發表的時候，要真心感謝你的孜孜不倦。

所以請你繼續，
在眾聲喧嘩時代中，為盡心盡力的音樂人掙些許尊嚴。
在荒謬浮誇行業裡，替混沌不明的現象給出諍言補白。

我的耳朵無需借你，
你的耳朵當真不賴。

李宗盛　敬禮

輯一

刀子一樣的風

淌著血歌唱

一九八八年「五二〇」農民示威那個晚上，我高二，忙著校刊社的事情，天天窩在社辦。我和編輯老戴忙到很晚，決定犒賞自己，專程去重慶南路大吃了一頓西餐。吃飽打算搭公車回家，纔發現整個博愛特區都被拒馬封鎖，怎麼繞都走不到公車站牌，渾然不知兩條街外已經是硝煙瀰漫的戰場。好不容易到家，父親氣急敗壞問我跑到哪兒去了，今天晚上外面很危險知不知道。一看電視，螢幕上一位農民被鎮暴警察摁倒在地，一隻亮閃閃的皮靴踩在他臉上。

後來報紙電視翻來覆去說他們是「暴民」，說農民一車車的青菜底下藏著石塊、狼牙棒和汽油彈（事後證明是污衊），我總忘不了那張被皮靴踩住的臉。

第二年，我學唱了生平第一首「抗議歌曲」——〈國際歌〉，距這首歌譜曲已經一百零一年。電視裡天安門廣場幾十萬學生反覆高唱這首歌，直到「六四」

鎮壓。百年來，〈國際歌〉在共產國家早已被馴化、儀典化，廣場學生年輕的嗓子卻把「封印」在歌詞的革命意識又重新「激活」了。「六四」之後，這首原本和中國國歌〈義勇軍進行曲〉平起平坐的「黨歌」，竟在中國一度成了禁播曲目，真是莫大的諷刺：

起來，飢寒交迫的奴隸！起來，全世界受苦的人！
滿腔的熱血已經沸騰，要為真理而鬥爭！
舊世界打個落花流水，奴隸們起來，起來！
不要說我們一無所有，我們要做天下的主人！

〈國際歌〉在台灣禁唱了幾十年，一九八〇年代末，公開唱〈國際歌〉早已不至於被警總抓去喝茶，不過搞運動的學長姐教唱〈國際歌〉，仍是帶著幾分「地下結社」刺激感的儀式——〈國際歌〉和〈美麗島〉是「運動青年」必須學唱的曲目（〈美麗島〉一九七九年遭禁，到「後解嚴」時代會唱的青年已經不多了），大大小小的抗爭場合，這兩首歌總要唱上幾遍。

一九九〇年「野百合學運」爆發，我大一，頂著下成功嶺半年好不容易留起來的半長頭髮，紮上黃布條，去中正廟（註）廣場坐了三天。我和幾千個同學一起淋了雨，吃了「民主香腸」，唱歌呼口號。廣場上學長姐反覆教唱的，仍是〈國際歌〉和〈美麗島〉，還有一首歌用不著教，大家都會唱：前一年「六四」前夕台灣歌星集體義唱、聲援中國民運的〈歷史的傷口〉，現在正好拿來回敬我們政府：

蒙上眼睛，就以為看不見
捂上耳朵，就以為聽不到
而真理在心中，創痛在胸口
還要忍多久，還要沉默多久？

二十幾年過去，我從青春走到中年。儘管心底自認那根「反骨」還在，但也要承認：這些年多少轟轟烈烈的抗爭，我始終不是積極的參與者。每有機會對著滿課室的年輕人講演，放著古往今來那些曾經煽動熱血的革命之歌，講著那些久遠以前的鬥爭，我也不知道這算不算某種「補償」，彌補自己沒有更積極投入某些事情的負疚感。

自古以來，從來沒有哪個政權是被音樂唱垮的、沒有哪場革命是靠歌成就的，不過，一場沒有歌的革命，在集體記憶裡該是多麼失色呢。早期黨外的場子上大家唱〈望你早歸〉、〈黃昏的故鄉〉、〈補破網〉、〈望春風〉，還有〈We Shall Overcome〉改編的〈咱要出頭天〉。後解嚴時代，大家唱〈美麗島〉、〈團結鬥陣行〉。這兩年上街，聽到二十郎當年輕人唱的，又是些全新的歌了。他們唱吳志寧改寫父親吳晟詩作的〈全心全意愛你〉：

我們全心全意的愛你
有如愛自己的母親
並非你的土地特別芬芳
只因你的懷抱這麼溫暖
並非你的物產特別豐饒
只因你用艱苦的乳汁
養育了我們

他們唱「滅火器」樂團的〈晚安台灣〉：

黑暗它總會過去
日頭一出來猶原擱是好天氣
你有一個美麗的名字
天公伯總會保庇
望你平安台灣
望你順遂台灣

寫下這篇文章的夜晚，佔領行政院的「反服貿」群眾被警察暴力驅離。鎮暴警察揮棍狠狠擊向手無寸鐵、堅持「和平非暴力」的人群，把學生拖到盾牌後面圍毆，許多人頭破血流，有人被打得失去意識，昏迷抽搐。一切彷彿二十五年前「五二〇」再現，我又看到了水砲車和一隻隻亮閃閃的皮靴。

四天前，「反服貿」學生佔領立法院次日，歌手林生祥來到現場，彈唱新歌〈百年追求〉。歌詞引用了一九七〇年黃文雄在紐約行刺蔣經國未果，被撲倒在地時高喊的那句話：

民主追求摔得半死
但是，let me stand up like a Taiwanese！
劃出烏雲的流星
這是美麗島的祭禮
想跟妳去尋最靚的山
想跟妳去看最靚的海
還想送妳一條最靚最靚的山歌
一百年來最靚的山歌
追求的十字路口
有人前行有人迷走
百年追求
百年追求

一首好溫柔、又好痛的歌啊。

看著怵目驚心的影像，我想說：這些青年的鮮血，是為了我島的未來、為了你我的生活而流。民主和自由，不是天上掉下來的，是一代代「暴民」被殺、被關、流亡、自焚，用鮮血和青春換來的。

如果可以，請關掉胡說八道的電視新聞，親自去現場看看吧。不然，「要是無法伸出援手／就請讓到一邊去／畢竟時代正在改變」——五十多年前，巴布迪倫（Bob Dylan）就唱過的。

二〇一四

註：中正紀念堂。一九九〇年野百合學運時，被學生及社運人士戲稱為「中正廟」、「蔣廟」。

完美的抗議歌曲

從前從前，戒嚴的時代，「黨外」群眾集會現場總會唱幾首老歌，寄憂思於舊曲。最常唱的是〈望春風〉（盼呀盼，那英俊的少年郎竟是風聲來相騙，民主的春風何時纔會來？）、〈雨夜花〉和〈補破網〉（風雨摧殘落地的花瓣、千瘡百孔的魚網，像白色恐怖以來飽受糟踐、碎了一地的台灣人的心）、〈月夜愁〉（思念的伊無蹤影，只能唱著斷腸詩，等待夢中相見——那人或許是在暗夜被帶走的吧？）、〈望你早歸〉（「美麗島」事件之後，政治犯家屬投身選舉「代夫出征」的集會總要唱這首），還有〈黃昏的故鄉〉（常為那些登上「黑名單」有家歸不得的海外異議份子而唱）……。

〈望春風〉、〈雨夜花〉、〈月夜愁〉都是三〇年代的作品，〈望你早歸〉和〈補破網〉寫於日本戰敗、「二二八」前夕的四〇年代，〈黃昏的故鄉〉則改編自一九五八年的日本歌謠。創作者初衷未必關乎政治社會，然而聽者有心，一旦在那樣的場合唱出來，字字句句都映照著戒嚴時代集體的苦痛和壓抑。

一九九一年，青年歌手朱約信（後來改以藝名「豬頭皮」行世）常在選舉場為成立沒幾年的民進黨站台，唱那幾首早已變成「基本曲目」的台語老歌。朱約信回憶：一天唱罷，牧師許天賢上台演講，問大家：「我們為什麼老是唱悲歌？總有一天，我們不需要再唱那些悲歌，可以把〈望春風〉、〈雨夜花〉、〈補破網〉、〈月夜愁〉鎖到抽屜裡，不用再唱了，因為到時候，台灣已不再悲情了！」

朱約信很受震動，遂大膽實驗，寫了首新歌〈望花補夜〉（四首老歌標題各取一字），收錄在後解嚴時代「新台語歌」風潮的重量合輯《辦桌》。朱約信希望這首歌能「藉由歡樂、跳舞的搖滾形式來告別悲情」，他巧手把老歌段落穿插在扭扭舞風格的搖滾新曲，還添上了幾句新詞：

補破網，愈補著愈大孔，打拚無採工
借一支螺絲嘛無通，攏總提去箍面桶！
望春風，車輪破去攏無風　望春風，便所塞咧嘛沒通
望春風，幾百年擱咧望春風　望春風，新婦仔擋無著去找廟公！

「箍面桶」音似「國民黨」，「車輪」則是民間對黨徽的蔑稱。朱約信寓譏刺於諧謔，確實一洗多年鬱積的悲情。話說儘管解嚴，在唱片裡指名道姓地罵國民黨，還是多少有點兒犯忌諱。一九八九年，陳明章在文化大學演唱，〈慶端陽〉加入大段即興口白，提到國民黨的時候，以「啥咪黨」名之：

> 今年的五月初五端陽時，台灣西部的河川攏已經變做臭水溝仔囉！
> 在彼咧「啥咪黨」的英明領導下，咱大家佇咧臭水溝仔內底划龍船

一如朱約信所述：直到八、九〇年代之交，這些「老台語悲歌」仍是「異議活動」現場的「主旋律」。彼時青壯世代嘗試的「新台語歌」、「台語搖滾」企圖洗刷母語歌曲總是與悲情綑綁的宿命，固然成果斐然（想想陳明章、林強、伍佰、豬頭皮），但宜於搬上街頭眾聲齊唱的「運動歌曲」仍然欠奉——「運動歌曲」必須旋律鮮明、好記好唱。當年街頭抗議用以鼓舞士氣的戰歌，選擇始終不多。〈國際歌〉和大多數台灣人缺乏情感聯繫，歌詞也不容易一口氣背下。〈美麗島〉美則美矣，抒情的三拍子實在很難歸入「戰歌」之林。一九九二年，後來

組成「黑手那卡西工人樂隊」的陳柏偉寫的〈團結鬥陣行〉，算是那個時期「街頭戰歌」的佳作：

團結啊團結啊力量大，團結啊團結啊鬥陣行
用咱的雙手去爭權利，團結啦團結啊鬥陣行
只要咱團結啊鬥陣拚，資本家看到也會驚！

解嚴二十幾年，我們多了若干上街頭和當權者對幹的歌：九〇年代末「交工樂隊」為美濃反水庫運動寫下一批痛快淋漓的歌（〈水庫若築得，屎也食得！〉），還拿下兩座金曲獎。長年和底層勞工作夥歌唱的「黑手那卡西」先後和惡性關廠受害者、失業公娼、工傷致殘者、樂生療養院民合作寫歌，為那些苦澀曲折的生命歷程留下生動的見證。可惜，那些歌流傳範圍有限，畢竟沒能廣為傳唱。

近年，引燃青年怒火的事件接二連三，關注公共議題、走上街頭的年輕人也愈來愈多。我在遊行隊伍中聽過女學生嫩嫩地彈唱吳志寧的〈全心全意愛你〉、聽過眾人合唱滅火器樂團的〈晚安台灣〉……，而我始終期待：溫柔抒情之外，能不能在街頭聽到屬於新一代的戰歌？那該是一首好記好唱、熱血澎湃、而且適合在任何抗爭場合鼓舞士氣的歌。

青年人怒火不斷悶燒，終於在「太陽花學運」全面爆炸。二〇一四年三月二十四日，鎮暴警察流血驅離佔領行政院民眾，兩天後，二十八歲的「滅火器」主唱楊大正流著眼淚寫出了〈島嶼天光〉。這首歌青春熱血、語言樸直，副歌聽過一遍就會黏在腦子裡，幾天幾夜都甩不掉：

天色漸漸光，咱就大聲來唱著歌
一直到希望的光線，照著島嶼每一個人
天色漸漸光，咱就大聲來唱著歌
日頭一攀上山，就會使轉去啦！

〈島嶼天光〉靠網路力量迅猛擴散，一夜爆紅：三月底北藝大同學製作的MV上傳youtube，短短三星期已經累積一百六十多萬次點播，並在網路衍生無數翻唱、改編版本：清唱版、弦樂版、銅管五重奏版、軍樂版、烏克麗麗版、八位元電玩配樂版、各校學生大合唱版……。〈島嶼天光〉一出世便注定成為台灣年輕人的「年度歌曲」，儘管它連實體ＣＤ都還沒發行，也沒有花一毛錢買廣告。

等了這麼多年，台灣青年終於有了一首鬥志昂揚、好聽好唱、而且完全屬於這個世代的「街頭戰歌」，真不容易。

我心目中「完美的抗議歌曲」，得滿足幾個條件：它要鼓舞士氣，不宜悲傷消沉（但悲壯是可以的），適用各種類型的抗爭場合，最重要的是歌詞簡潔、旋律好唱，否則大家唱不上去又忘詞就漏氣了（緣此，我對百老匯歌曲改編的〈你甘有聽到咱的歌〉總是心存遺憾——這首歌儘管悲壯，卻極難唱好）。

從這樣的標準來看，還是想帶你回去聽一首古老的歌，六〇年代美國民權運動「主題曲」〈We Shall Overcome〉：

我們必將得勝，我們必將得勝
總有一天，我們必將得勝！
我心深處，始終相信：
總有一天，我們必將得勝！

頭兩句的「我們必將得勝」，在後面幾段依序換成「我們攜手前進」、「我們要和平」、「我們不害怕」、「全世界在一起」，境界層層翻高。〈We Shall Overcome〉意象樸實大氣、旋律優美動聽，適宜獨唱，更適宜合唱。就像大部分傳統民謠，它沒有「主歌」、「副歌」之分，同一段旋律重複，在運動現場可以任取需要的段落來唱，長短由人，根本就是為了群眾集會量身打造。這首歌傳遍世界，衍生各種語言的版本。六〇年代末，鄭兒玉牧師為它填上台語詞，變成了〈咱要出頭天〉，成為戒嚴時代黨外抗爭場合屢屢傳唱的「地下歌曲」，「出頭天」一詞，亦成為反威權意識的標幟：

咱要出頭天，咱要出頭天
有一日要出頭天！
我心深信，攏無僥疑
有一日要出頭天！

〈We Shall Overcome〉是由美國民謠歌手彼特席格（Pete Seeger）改寫二十世紀初的黑人靈歌而成。席格畢生站在底層人民之中，以琴為槍砲，以歌為彈藥，直到晚年依然戰力旺盛：二〇一一年紐約「佔領華爾街」運動期間，九十二歲的席格還曾帶著上千群眾，集體徒步三十條街來到哥倫布廣場「佔領現場」，領著全場齊唱歷久彌新的〈We Shall Overcome〉。

席格是「根紅苗正」的老左派，早年曾經加入共產黨。他師從美國草根民謠史傳奇大師伍迪蓋瑟瑞（Woody Guthrie），唱遍了工廠、農庄、教會和移民社區。四、五〇年代之交，他組的流行民謠團體「編織者」（The Weavers）一度是全美國最受歡迎的演唱組合，唱片銷量數以百萬計。他編寫的教材《如何演奏五弦班鳩琴》暢銷多年，讓班鳩琴變成了美國民謠的招牌樂器。

五〇年代「麥卡錫主義」白色恐怖期間，席格的「紅左」案底讓他屢遭打壓。電台封殺他的作品，唱片沒人出版，場館不敢雇他表演，直到六〇年代初「恐共症候群」退燒，席格纔得以重回舞台。彼時美國青年歌手掀起「民謠復興」運動，他也不吝大力提拔瓊拜茲（Joan Baez）、巴布迪倫這些新銳歌者，席格變成了年輕一代歌手的精神領袖。

一九四七年，席格把之前流傳的福音歌曲〈We Will Overcome〉改成〈We Shall Overcome〉：他認為與其用難唱的 will 押頭韻，不如改成開口音的 shall，唱來更響亮。他又梳理段落，加入「我們攜手前進」、「我們要和平」、「我們不害怕」，沖淡宗教意味，加強心連心的奮鬥意象。這首歌愈傳愈廣，到六〇年代初，已經是「民謠復興」眾口齊唱的標準曲目了。

一九六三年八月二十八日，馬丁路德金恩牧師領導三十萬群眾在首都華盛頓舉辦大遊行，爭取非裔平權，在林肯紀念堂前發表了不朽的「我有一個夢」演講。就在這一天，二十二歲的瓊拜茲領著全場群眾大合唱〈We Shall Overcome〉，從此落實這首歌作為「民權運動主題曲」的地位。拜茲帶著它唱遍大半世界，這首歌經歷甘迺迪總統遇刺、越戰、金恩遇刺、種族暴動，到了一九六九年，拜茲在胡士托音樂節對著五十萬人唱這首歌，新一代的孩子仍能縱聲合唱。走過動盪的六〇年代，字字句句益發顯得意義深遠。

不過，若問我心目中這首歌的「決定版」，還是要聽聽一九六三年彼特席格在紐約卡內基音樂廳的演唱實況：席格領唱，觀眾答唱，大家都對這首歌瞭然於心，於是席格讓觀眾唱主旋律，自己為大家唱和聲，不忘為大家提詞。他的和聲簡直出神入化，從高音到低音，從抒情到激昂，和全場的歌聲交織，共同成就了一首壯闊美麗的作品。歌到中段，席格請大家再唱一次「我們不害怕」，你彷彿看見音樂廳觀眾紛紛化身正義的天使，雲破天開，幾千個靈魂一齊發出亮光。

面對政客煽起的仇恨、鎮暴警察的棍棒、水砲的轟擊、黑道的恐嚇，誰不害怕？那就再聽一次這首歌吧。只要知道我們緊緊握著手站在一塊兒，全世界都在看，你我畢竟並不孤獨，那麼或許便沒什麼好怕的了。

二〇一四

「放過孩子吧！」

一九七九年，英國搖滾天團平克弗洛伊（Pink Floyd）推出長篇概念專輯《牆》（The Wall），這套唱片後來在全世界足足賣掉三千多萬張。專輯裡一首帶著強勁迪斯可節奏的搖滾曲橫掃全球：〈另一塊砌牆磚，第二部〉（Another Brick in the Wall, Part 2），借孩子的口吻向僵固、威權的教育體制提出控訴：

我們不需要教育
我們不需要思想控制
課堂上不要陰險諷刺
老師啊，放過孩子吧！
到頭來，你不過是另一塊砌牆的磚

歌曲後段，一群孩子的聲音齊齊揚起，把整首歌再唱一遍，其悲其壯，過耳難忘。四年後，羅大佑〈亞細亞的孤兒〉也起用了兒童合唱團去唱出悲壯悒鬱的詞句，我總懷疑是平克弗洛伊給他的靈感。

一九八二年，導演亞倫派克（Alan Parker）把《牆》拍成電影，變成一齣長達一個半小時的MV。以台灣當年的電檢尺度，這部反戰、反威權、反體制，還穿插性愛和嗑藥情節的作品，肯定無緣在戲院上映，卻不能阻止它以錄影帶形式廣為流傳，成為「地下經典」。有很長一段時間，觀賞《牆》簡直成了八、九〇年代台灣文藝青年的「啟蒙儀式」——那年頭，誰弄到一捲珍罕的錄影帶，常會呼朋引伴到家裡同看，我初次看《牆》，便是一個那樣的場合：母親弄到了那捲錄影帶，約了朋友來看（記得片名還翻譯成很殺的《叛幫迷牆》），那時候我大概纔小學六年級，也蹭在大人後面偷瞄。片中唱起〈另一塊砌牆磚〉的段落，戴上面具的孩子排成一列，踏著整齊的步伐走上輸送帶，一個個掉進機器裡，變成一截截碎絞肉，從另一頭吐出來。那驚悚的畫面、陰慘的旋律，著實把我嚇壞了，害我作了好幾次惡夢。

二〇一二年八月十九日，我在香港亞洲博覽館看黃耀明、劉以達的傳奇組合

「達明一派」重聚演唱會，意外和這首平克弗洛伊的老歌重逢——「達明」早在八〇年代便是歌壇異數，從不怯於探討現實議題，擅長以政治、歷史、社會、性別題材入歌。樂風之銳意求新、主題野心之大之深、影響幅員之廣，在娛樂至上的香港樂壇，在在是空前絕後的異數。

時值立法會改選前夕，當局著手強推「德育及國民教育」爭議不斷升高，香港社會充滿山雨欲來的壓抑和焦慮。博覽館的舞台上，「達明一派」火力全開，正面迎戰香港最敏感的政治話題，演唱會簡直變成了一場全方位的「公民教育課」。現場投影的視覺素材和歌曲內容呼應，觸及港英歷史、中港關係、反核環保、同志平權、教育政策、言論自由、六四、劉曉波、李旺陽、艾未未……。那些二十多年前寫下的歌，字字句句竟然仍和當下的現實扣合。

就在這場演唱會，他們翻唱了〈另一塊砌牆磚〉。站在黃耀明身後合唱的，是二十幾位中學生，他們是學生團體「學民思潮」成員，平均纔十五、六歲，然而戰力不可小覷：三星期前，他們剛和各界團體一起組織要求撤回「國民教育」的大遊行，號召了足足九萬人上街。但教育局長吳克儉居然回應說：即使如此，上街人數還不到香港小學生和家長總人口的一成，沉默的大多數都是支持政府的。臉皮之厚，令人咋舌。

同學們唱著唱著，紛紛拿出紅領巾蒙上眼睛——紅領巾是共產黨「少年先鋒隊」的標誌。這蒙眼的動作，讓我想到中國搖滾先鋒崔健的名曲〈一塊紅布〉：

那天是你用一塊紅布，蒙住我雙眼也蒙住了天
你問我看見了甚麼？我說我看見了幸福
這個感覺真讓我舒服，它讓我忘掉我沒地兒住
你問我還要去何方？我說要上你的路

看不見你也看不見路，我的手也被你攥住
你問我在想甚麼？我說我要你作主……

一九八九年「六四」之後，崔健彈唱這首歌，總會用一塊紅布蒙上眼。當他拿起小喇叭，吹出抑揚宛轉的獨奏，每每滿場淚下。那時候這些孩子都還沒出生呢，不知道他們可曾聽過這首歌？

舞台背景的投影，是向《牆》致敬的動畫：高樓之間豎起一堵堵鮮紅的高牆，孩子被安上電子眼，塞進一顆顆紅蛋放上輸送帶。鮮紅的巨大鐵鎚交叉前

進、橫行香港……。平克弗洛伊歌裡那句「課堂上不要陰險諷刺」原本意在批判無視孩子自尊心、出言羞辱譏嘲的惡老師，然而放到「達明」的語境，那「陰險諷刺」竟也不妨解釋成充斥教條和謊言的「德育及國民教育」教材了——它的空偽、虛妄，正是對現實社會常識最大的諷刺。

唱到最後一遍，孩子們紛紛把蒙眼布扯下，高高舉起。曲罷，他們扔棄紅布，雙手向前交叉，比出「反對洗腦」的手勢，樂聲戛然而止。全場一萬四千名觀眾全數起立，瘋狂歡呼鼓掌，久久不歇。

一個多星期之後，這群「學民思潮」的孩子在政府總部架起帳篷「佔領政府」，並有三人宣布絕食。兩天後，四萬人集結現場聲援，各界人士紛紛加入絕食，大專院校發起全面罷課。到了九月七日，足足十二萬人身穿黑衣到政府總部集結抗議。這次官員不敢再提甚麼「沉默的多數」了，特首梁振英終於在立法會投票前一天，緊急宣布取消「國民教育」原訂的三年開展計畫，但未承諾撤回——人潮散了，故事還在繼續，抗爭並未終止。

看看香港，想想台灣，但願那被揚棄的紅領巾、蒙眼布，不會被旁的誰撿了來用。

二〇一二

從橄欖樹到葵花籽

李泰祥和作家三毛合作過好幾首傳唱甚廣的歌，起碼有兩首被新聞局禁播。當年歌曲送新聞局審查，出版處和廣電處各司其職，前者尺度略寬，後者往往從嚴，常有「歌曲許可出版、卻不准在媒體播出」的怪狀況。遇到這種結果，唱片公司只好為媒體「打歌」另錄一種「安全版本」，以利宣傳。〈橄欖樹〉便是一例：

不要問我從哪裡來，我的故鄉在遠方
為甚麼流浪？流浪遠方，流浪

在那「漢賊不兩立」的時代，審查委員或許發揮想像，把這段歌詞解讀成「海外密會匪諜」，硬是封殺了這首歌。沒奈何，唱片公司只好請齊豫回錄音間重新唱過，把「流浪遠方」唱成「流浪流浪」——至於為甚麼「流浪遠方」變成「流浪流浪」就可以通過審查?實在也很費疑猜。

〈橄欖樹〉是電影《歡顏》的開場曲，胡慧中飾演的民歌手一開場就「對嘴」齊豫的歌聲唱了一大段。但放映版的聲軌可以改成送審後的新錄版，畫面卻沒法改。於是胡慧中的嘴型仍是「流浪遠方」，觀眾聽到的卻是「流浪流浪」。

另一首被「斃掉」的歌是〈一條日光大道〉。這首歌一九七三年便已問世，但大家最記得的還是一九八二年齊豫、李泰祥合唱的版本。據說它被禁播，是因為歌名會聯想到對岸「文化大革命」時代的樣板小說《金光大道》，有「與匪唱和」之嫌——《金光大道》是文革期間八齣「樣板戲」之外，極少數由江青親自力捧、紅遍全中國的文藝作品。況且那年頭，毛澤東在對岸是「人民群眾心中的紅太陽」，於是在台灣，「太陽」變成了「敏感詞」，「紅」變成了「敏感色」，〈一條日光大道〉唱的「陽光灑遍你的全身，我只要在大道上奔走」竟顯得十分可疑了——天知道當年除了那幾位聯想力無比豐富的審查委員，究竟有幾個台灣人知道《金光大道》是甚麼碗糕?

講到「紅太陽」，不免想起小時候聽說的兩則軼事：一是老蔣總統痛恨「毛匪赤禍」，所以走遍中正紀念堂，絕對找不到一朵紅花——紀念堂剛落成那幾年，年幼的我曾經實地勘查過這則傳說，確實沒找到紅花，整個園區配色和殯儀館差不多。後來蓋了金瓦紅柱的兩廳院，纔稍微把色調平衡過來。

另一則軼事是這麼說的：在對岸，毛主席是「紅太陽」，所以「國花」就是赤膽忠心的「向日葵」。向日葵於是在台灣成了「匪花」，要是出現在藝術作品，便有「為匪張目」的風險。有那麼一段時間，向日葵是台灣的「敏感花」。

近來以此相詢對岸的朋友，纔知道「向日葵」其實不是他們的「國花」。我輩人從小都會踏正步唱劉家昌的「梅花梅花滿天下」（此曲原是抒情的慢板，蔣緯國硬把它改成了殺氣騰騰的進行曲），殊不知「國花」在對岸，並非如此重要的符碼。中華人民共和國建政迄今，從未正式宣布「國花」誰屬——這麼說來，向日葵豈非蒙受不白之冤，枉被「敏感」了那麼些年？

前陣子在網上看到文革前夕攝製的巨型史詩歌舞劇紀錄片《東方紅》，總算找到答案：電影開場便是名曲〈東方紅〉，這首曲調源自西北農村民謠的頌歌，曾在文革時代取代〈義勇軍進行曲〉，成為對岸的準「國歌」：

東方紅，太陽昇，中國出了個毛澤東
他為人民謀幸福，呼兒嗨喲，他是人民的大救星！

陣容龐巨的合唱團熱血高唱，穿民族服飾的群舞女子舉著黃澄澄的扇面，變換隊形排出一叢叢花朵。最後在反覆拖長疊高的合唱大高潮中，眾人團團圍出一朵碩大無朋、閃閃發光的向日葵——這段序曲的標題，就叫〈葵花向太陽〉。

瞭解這段掌故，對中國藝術家艾未未二〇一〇年在倫敦泰特美術館（Tate Modern）的那件作品，當有更深的體會：他與江西景德鎮一千六百位燒瓷匠人合作，花兩年時間燒製了足足一億顆、總重十五噸的陶瓷葵花籽，鋪滿美術館一千五百平方米的展覽廳。每顆葵花籽都是手繪手燒，歷經三十道工序，沒有任何兩顆相同。

二〇一一年，素來不憚以行動介入公共事務、屢屢得罪當道的艾未未，先是被無故軟禁了兩個多月，復遭當局以莫須有的「逃稅」罪名，課了一千五百萬人民幣的鉅額罰款，限期兩週繳清。對岸網友立刻發起「當艾未未的債主」活動，大家轉帳到藝術家的帳戶，言明「是借不是捐」，免授當局以柄。消息野火燎原，短短九天，艾未未收到了兩萬九千四百多人「借」他的八百六十九萬餘元人民幣，甚至有人把鈔票摺成許多紙飛機，扔到他在北京的工作室院子裡——艾未未一下子成為全中國擁有最多「債主」的人。這恐怕是史上最酷、最多人參與的

「行為藝術」了，作品名稱就叫「成為艾未未債主」。（註）

艾未未對廣大粉絲也是懂得湧泉以報的：他纔獲釋不久，便開始免費贈送自己的作品。任何人只要支付快遞到府的費用，寫信給他，都會收到兩粒永遠不會長成向日葵的葵花籽。

二〇一一

註：二〇一二年十月，艾未未陸續歸還支持者的「借款」，但許多「債主」寧願留著艾未未特別設計的那紙「借據」，不要他還錢。

好一朵美麗的敏感詞

二〇一一中秋節前一天，我在北京聽民謠歌手周雲蓬、小河唱歌。盲歌手周雲蓬是當今「中國新民謠」動見觀瞻的指標人物，小河則是搞團出身，曾是厲害的獨立搖滾樂隊「美好藥店」團長。他倆是相知多年的哥們兒，經常一起演出。我這幾年反覆聽他們的唱片、上網看演出實況，神往已久，這天總算親眼看到了他們的表演。

舞台搭在草坪上，圍著幾棟雅緻的西式樓房。這裡是北京城的心臟地帶，地處天安門廣場東南角，北臨東交民巷，曾是清末民初的美國公使館。一九〇〇年庚子拳亂，義和團曾經圍攻這個聚集洋人的街區，燒掉了比奧荷義四國使館。此後歷經辛亥革命、對日抗戰、國共內戰、文革，街區地貌屢遭破壞，東交民巷一度更名「反帝路」，洋人蓋的樓房亦被目為帝國主義侵略象徵，被紅衛兵砸拆。

但那些暴力的攻擊，恐怕遠遠比不上後來城市發展的威力：一九八〇年代以降，許多老使館都因道路拓寬、都市更新而拆得精光。這幾棟一九〇三年蓋的舊美國使館樓房倒是幸運逃過劫難，修葺裝潢之後，如今是北京最高檔的藝廊。

老周和小河一人一把木吉他，中間的矮几擺著兩只紙杯、一瓶女兒紅——老周本籍遼寧，這些年雲遊四海，決定在江南的紹興落戶安家。他總說：他是為了黃酒而決定在紹興住下的。初秋雨後的北京已有涼意，我坐在徐徐的風裡，讓琴聲與歌詩像海浪一樣撲上來。腦中縈繞不去的，竟是上午參加的一場講座，一位大學生懇切而焦慮的提問。

那是出版社舉辦的系列論壇活動之一。早上九點半的活動，天沒亮就有幾百人排隊等領入場券，人龍一路排到了隔壁北京公安局門口。畢竟是京畿重地，連武警同志都被驚動，頻頻探問排隊者這是在瘋甚麼。我參與的那場座談，主題是「民國」——這幾年彼岸文化圈有所謂「民國熱」，重新認識一九四九年之前的文人群體經歷，重新評價「民國時代」政治、社會、文化種種，做出許多迥異於共黨制式說法的「翻案文章」，自然不乏「借古諷今」的議論。「民國範兒」甚至成為此間文人最高級的恭維之辭（「範兒」即氣場、作派之謂），意指啟蒙時代知識份子的學養與氣度。所謂「民國熱」，對彼岸知青也算一場「大補課」。

對照此岸「民國百年」，官家主導的那些貧乏而尷尬的活動且先不提，民間自發的論述亦十分冷清。顯然兩岸各自面對「民國」這影響至大的歷史現實，文化人的好奇與焦慮並不在同一座天平上。

我不無心虛地和德高望重的學者、作家、媒體人一塊兒坐在台上，底下黑壓壓幾百人，放眼望去，幾乎都是二十郎當的青年。發問互動的段落，眾人爭相舉手（我在台灣講演可謂多矣，通常年輕人不好意思公開提問，總在最後纔私下跑來問兩句），那個接下麥克風的年輕人站在最遠的後排，看不清面目，聲音卻中氣十足：

「請問追求自由、平等、博愛的道路，應當往何處走？」

我忘記這問題是哪位賢達接下，也忘了他的回答（愈簡單的問題答案往往愈複雜，反之亦然），但我腦中確實已經很久很久沒有浮出這樣的句式與意象。讓我震動的是那青年人的誠懇和焦躁。彷彿再不給他一張奔向自由平等博愛之路的單程車票，他就要發瘋、要爆炸了。

周雲蓬的歌也引過美國「垮掉一代」詩壇祭酒艾倫京士堡（Allen Ginsberg）

的名句：

我看到這一代最傑出的頭腦毀於瘋狂

在草坪圍繞的舞台上，老周即興把這句唱白延伸改編，融入時事，讓這一代最傑出的頭腦不僅毀於瘋狂，亦可毀於動車追尾、沉船、毒牛奶、假新聞……。演出接近尾聲，老周說：今天是九一一恐怖攻擊十週年，讓我唱一首融合了宗教的和諧之歌吧。然後他和小河唱起一首即興的歌謠，從〈哈里路亞〉到穆斯林禱辭到梵唱，再接到「英特納雄耐爾（international）就一定要實現」——這句來自〈國際歌〉的咒語，曾經唱遍共產國際。然後兩人用漂亮極了的合聲，唱起〈茉莉花〉。老周唱到第二遍時改了詞：

好一朵美麗的敏感詞
好一朵美麗的敏感詞
芬芳美麗滿枝枒
又香又白人人誇

讓我來把你摘下
只怕沒人敢拿

那陣子因為「茉莉花革命」事涉敏感，「茉莉花」三字成了「敏感詞」，在網路遭到屏蔽。這段唱詞引來的歡呼與掌聲，足以傳到幾百米外的天安門廣場。

而我仍然在想著那個滿心「自由平等博愛」的大孩子。

我想起自己的十八、九歲，社會正滿漲著「後解嚴」的興奮與緊張。我亦曾和同樣年輕愚騃的友朋激切論辯家國大我，亦曾期待尋得《九陽真經》，一舉解決所有問題。當年我必然也向尊敬的前輩提過類似的發問，然而現在我已漸漸明白：重點從來都不是如何獲取「通關密語」，而是聽懂自己的問題。

年輕人聚在草坪上或站或坐或臥，聚精會神聽著歌，彷彿那音樂埋伏著啟蒙的咒語。我想著自己在他們那個年紀提過的問題，不禁感到了久違的惶惑。

二〇一一

在鳥巢高唱自由

原諒我這一生不羈放縱愛自由
也會怕有一天會跌倒
背棄了理想
誰人都可以
哪會怕有一天只你共我
仍然自由自我
永遠高唱我歌走遍千里

這是香港樂團Beyond的名曲〈海闊天空〉。二〇一一年五月一日晚上，北京國家體育場「鳥巢」的「滾石三十年演唱會」現場，螢幕上是辭世十八年的團長黃家駒，全場九萬人齊聲吼唱，我確實被狠狠「震」到了。這可是一首粵語歌啊，而在場絕大多數觀眾是壓根兒不懂粵語的。

回到台灣，收到一冊厚厚的《滾石三十：專輯全記錄》，收錄滾石唱片一九八一年創業以來的每一張專輯封面和許多珍貴照片。書腰印著這樣一句話：

你聽到了嗎？在我們的歌裡，最好的部分是自由。

這幾乎是我近來讀到最動人的一句文案了。尤其在去過北京、經歷了「鳥巢」的「九萬人之夜」以後。

從外場到內場，估計「鳥巢」不管爆發哪種「群眾失控」狀況，他們都備有對策：場外伏著一尊尊土黃草綠的裝甲車，場內龐巨的舞台周圍擺著一圈摺凳，一張摺凳坐一位黑衣人，幾十人背對舞台，雙掌貼膝背脊挺直，估計是懂得擒拿術的特警隊之類。舞台上酸甜苦辣的歌一首接一首，他們始終不動如山，那態勢彷彿表示：誰要敢往舞台衝，都會被他們塞進麻袋扔出去。從場館周圍到觀眾席乃至於我們看不見的舞台底下和後台歌手休息區，都佈滿了穿制服的軍警。那陣仗用「如臨大敵」形容，應該是不過分的。

節目長達五個半小時，雖說已是空前紀錄，但演出人真的很多，節目進行非常緊湊，始終帶著「按表操課、趕上進度」的緊張感。儘管如此，還是不得不刪掉一大段節目，只為符合「無論如何必須準時結束」的規定。北京當局嚴令主辦單位：節目絕對不准延時，連一分鐘都不行（有人好奇：否則會怎樣？相信我，這是不能問「否則」的事情）。十點整，全場準時廣播散場須知。換作在台北，延時結束不外乎罰錢了事，但在北京，這是不能用錢解決的問題。

主辦單位為了準時結束，把開演時間提前到四點半，這讓先上台的歌手吃了點虧：「鳥巢」是露天場館，等天色暗下已近七點半，昂貴的燈光系統在前半段節目始終無用武之地。觀眾盯著偌大的舞台，得花點工夫纔能找到芝麻大的歌手。樂手、歌手站在那樣空曠龐巨的舞台，沒有燈光佈景的加持，猶得凝氣集神不讓能量散掉，實在是艱難的使命。事實上，這場演出的舞台工程與硬體規模，在在打破中國紀錄，滾石面對這個極其難搞的巨大空間，已經盡了最大的氣力。在那樣的條件下，也真的已經給出了最好的表現。

節目內容確實精采（能看到張洪量和莫文蔚攜手合唱〈廣島之戀〉，我還有甚麼好抱怨的？）。但就個人而言，侯德健的登台特別值得一提。那是讓很多對岸文化人激動不已的時刻，儘管絕大多數兩岸青年早已不識此人（恐怕許多年輕人以為〈龍的傳人〉是王力宏的作品）。這個一九八二年從台灣「叛逃」中國大陸的創作歌手，一九八九年「六四」前夕曾是天安門廣場絕食「四君子」之一，一九九〇年被中國政府驅逐出境，之後輾轉流亡，直到前幾年纔獲准回中國長住，但行止始終低調。侯德健踏上「鳥巢」舞台和李建復合唱〈龍的傳人〉，表演本身只能說差強人意，歷史意義卻十分巨大：一個原本被主流媒體列為「敏感詞」的名字總算「解禁」了。我們都以為幕後審批應當十分曲折，非也，文化部對這名字居然一點兒意見都沒有。

不過，這絕不能拿來當作彼岸文網「鬆懈」的指標。且不提當年另一位絕食的老戰友，諾貝爾和平獎得主劉曉波現在還關在錦州監獄，也不提剛被抓進去軟禁兩個多月的艾未未，就說在台北「滾石三十」演唱會大出鋒頭的陳昇吧：他在北京被徹底封禁，不但不許上台，連螢幕畫面露個臉的機會都沒有。這一切，僅僅因為陳昇在二〇〇三年參與了台北「西藏自由」演唱會。

那天坐在台下，我聽著那（為了趕進度而不得不犧牲後半首歌詞的）〈龍的傳人〉，仍不免感到尷尬。這被種種歷史與政治因素反覆擺弄的民族主義之歌啊——我衷心為侯德健「解禁」感到欣喜，但說真的，我更想看到陳昇踏上「鳥巢」舞台，用地道的「台味」征服北京。

二〇一〇年冬台北小巨蛋的「滾石三十年」演唱會，我不在台灣，始終抱憾。北京「鳥巢」歸來，仍然心癢，於是上影音網站遍找台北場演出實況，就這麼斷簡殘篇地看，竟仍感動不已。吾友葉雲平說得好：「鳥巢」演出是一場華麗的大秀，小巨蛋的「滾石三十」纔是溫馨真情的家族同樂會。畢竟，台灣始終容許那真情帶來的一點點失控與失態——說到底，所謂「自由」，還不就是這麼一回事？

二〇一一

註：台北「滾石三十」演唱會實況，後來正式發行光碟，多少彌補了不能在場的遺憾。

那年北京刀子一樣的風

一九九六年二月，父親要到北京探親，順便帶我去看看從未謀面的奶奶，這是我生平初訪對岸。我打算把握機會，見識一下北京搖滾圈，最好還能訪問幾位音樂人，帶些做節目的材料回來——那時我在廣播人李文瑗的節目當製作人，是我退伍出社會第一份固定工作。前一年「魔岩唱片」發行《搖滾中國樂勢力》，記錄張楚、何勇、唐朝、竇唯在香港紅磡演唱會的實況，是八〇年代末崔健旋風之後，中國搖滾又一波高潮。我們在節目裡做了介紹，對江湖武林高手出沒的北京搖滾圈不無神往。

「魔岩」老闆張培仁和製作人賈敏恕當年深入北京地下搖滾圈，苦心經營，終於在對岸掀起這波「中國火」巨浪，他們都是文瑗的老朋友。她給了我老賈在北京的電話，我借了ＤＡＴ錄音機和麥克風，打包上路。

那是我第一次見識到北方的冬天。北京城裡汽車尚不甚多，路顯得特別寬，特別空曠。暖氣仍靠燃煤，空氣充滿了炭火的味道。我第一次懂得書裡寫的「風像刀子一樣刮」是甚麼意思：零下十幾度的風吹上一陣，臉就凍僵了，進到暖氣的室內，一陣陣地刺痛。開口說話，嘴角竟澀澀地扯不大開。

我撥電話給老賈，他約我晚上到某酒店某號房碰面。到了那兒，一屋子人開著會，菸霧瀰漫，都是北京搖滾的頭臉人物。我坐在一邊旁聽，也沒人管我。正事談得差不多了，大夥開始清談閒扯。我請一位哥們兒聊聊中國搖滾現況，他歎口氣，噴口煙，說了幾個原本窮途潦倒、繼而暴起暴落、最終瘋了傻了的北京滾客的故事，都像武俠小說裡走火入魔、結果廢了一身武功的悲劇。我想見識一下搖滾現場，他說正好隔天在某外資飯店有一場「面孔樂隊」的party，可以帶我去看。

老賈給了我張楚的電話，讓我自己安排訪問。張楚是西安流浪到北京的文藝青年，瘦瘦的小個子，眼神憂鬱，然而歌聲極其蒼勁。一九九四年的專輯《孤獨的人是可恥的》正版加盜版賣了不知幾百萬張，詩歌被無數青年背誦傳抄，和何勇、竇唯並稱「魔岩三傑」。

我約張楚到我住的酒店房間做專訪。身上沒菸，還趕緊跑到對街攤子為他買了兩包。張楚獨自搭公交車來，在樓下被服務員認出，纏著簽了半天的名。我把麥克風擺好，兩人對坐，一時拘謹無話——杵在中間的錄音器材讓整個場景變得很尷尬。

那是我生平第一次採訪。有一搭沒一搭談了兩個鐘頭，其實大多時候，錄音機就那麼空轉著。張楚對我提的音樂環境、創作前途之類巨大問題，都沒有現成答案。他愈是耐著性子回答，愈讓我覺得自己的問題非常愚蠢。兩包菸很快就被張楚抽完了，沒有了菸，他的神情有些焦慮，時時望著滿出來的菸灰缸，我很後悔剛剛沒有多買兩包。

訪談結束，收起錄音機，我們都如釋重負。張楚跟朋友在附近約了吃飯，邀我一起去，於是我跟著他走街穿巷，來到一間賣紅燜羊肉的小飯館。有了熱騰騰的吃食和啤酒，一群年輕人很快熱絡起來，天南地北瞎聊，張楚這纔露出笑容，顯出輕鬆的神情。我們約好過兩天一塊兒去工人體育館看碧玉（Björk）演唱會——啊，是的，碧玉竟然出現在那個年頭的北京，不看白不看哪。

但我得先去參加「面孔」的party。那天晚上，老賈的哥們兒帶我走進那家外資飯店酒吧，千叮嚀萬叮嚀：北京滾客脾氣難捉摸，「面孔」和唱片公司有些矛盾，要是遇上了就別提你是台灣來的。還說，萬一碰到何勇，更得離他遠一點兒，他失控起來，誰都不知道會發生甚麼事——何勇當年掄著兩把斧頭闖進港資唱片公司、硬把母帶搶回來的故事，早已成為傳奇，我自然唯唯稱是。

所謂party，在九〇年代的北京，早已脫離原本字面的意涵，成為「現場搖滾演出」的代名詞。由於「搖滾」兩字為當局所忌，樂隊演出多半以party為名，寄身外資飯店酒吧，多一層洋人背景，公安大概也比較不便干涉。這些party是當年live house文化還沒開花的時候，北京搖滾最重要的場景。

樂隊還沒開始表演，暖場DJ在放歌，全場男女蹦蹦跳跳，舞興正酣，場中央還有模特兒來回走秀，配樂是崔健一九八九年名曲〈新長征路上的搖滾〉：

聽說過，沒見過，兩萬五千里
有的說，沒的做，怎知不容易
埋著頭，向前走，尋找我自己
走過來，走過去，沒有根據地
怎樣說，怎樣做，才真正是自己
怎樣歌，怎樣唱，這心中才得意

一邊走，一邊想，雪山和草地
一邊走，一邊唱，領袖毛主席

ＤＪ在副歌領唱的段落，特意把樂聲拉低，讓滿場舞客齊齊揚起拳頭，跟著唱片裡的老崔大聲吼著數數：一、二、三、四、五、六、七！

曲罷清場，樂隊準備登台，我看到「魔岩三傑」之一的何勇進來了。他戴著氈帽，豎著大衣領子，雙手揣在口袋，低著頭，繃著臉，眼露凶光，彷彿憋了一身的氣，正愁沒架可打。「面孔」開始唱，我三心二意地聽著，一面觀察現場狀況，惟恐真打起來，得看好撤退路線，結果一夜無事。當時「面孔」剛發新專輯《火的本能》，聲勢正旺。我不會知道他們那陣子為版稅問題和台灣製作人方無行翻臉，竟然持槍劫了他的車，押著老方回家，把值錢東西洗劫一空。再沒多久，樂隊便解散了，那個晚上大概是他們最後幾場演出之一。

Party結束，已是大半夜。我打一輛「麵的」回住處——那時北京還有許多客貨兩用的出租麵包車，跑起來哐啷哐啷響，一路噴黑煙。冷風從車殼縫鑽進來，收音機播著港台流行的酸歌蜜曲。窗外燈火希微，滿城闃寂。

如今回想碧玉的一九九六北京演唱會，以當時中國的市場和演出環境，若非她一心想到中國表演，大概是不可能發生的——碧玉剛發行經典鉅作《家書》（Post），儼然天后架勢，但據說那場北京演出，她只要了兩千美金的酬勞。那天全城長髮皮衣馬靴造型的男女青年悉數到齊，蔚為奇觀。我和張楚一起搭車進會場，在門口經過一個高頭大馬的長髮漢子，他抬腳朝我們的車作勢要踹，張楚舉手跟他打了招呼，說是「唐朝」吉他手老五。

工體那時還沒翻修，三十多年的老建築，水泥台階，窄窄的座位，在在令我想起兒時去過的台北中華體育館。現場有許多一望即知是拿了公關票來看熱鬧的大爺大嬸，暖場是碧玉的樂團演奏電子音樂，坐我們後面的老大娘就很不耐煩了，直抱怨：「怎麼那小姑娘還不出來？這都老半天兒了還沒人唱哪！」——倒也不能怪她，現場的燈光音響都陽春得可以，聲效十分簡陋。

就在昏昏欲睡之際，碧玉出場了。我的座位離舞台很遠，現場沒有任何大螢幕之類玩意兒，碧玉的面目完全看不清楚。只見舞台上一個小小身影，一面唱，一面跟著節拍往前踏兩步，再往後踏兩步，往前踏兩步，再往後踏兩步……。

兩首唱完，後面的老大娘憤憤罵道：「甚麼玩意兒，連個舞都不會跳，衣裳也不換一件，還不如人家那邁克爾傑克遜呢！」說完就拉著老伴兒起身走人了。

十二年後，碧玉纔重回中國演出。上海演唱會安可曲，她唱了〈宣告獨立〉（Declare Independence），曲末高呼「西藏！西藏！舉起你的旗幟！」鬧出軒然大波。只要共產黨繼續執政，她大概是永遠去不了中國了。

當時懵然不知那趟旅行勉強趕上了九〇年代中國搖滾的浪尾。次年「魔岩」全面撤出中國大陸，搖滾重新潛入地下，改朝換代。十四年後，我纔重訪北京。「草莓音樂節」現場見到何勇演出，比當年胖了一大圈，一臉和善，在舞台上奮力跳躍，認真取悅底下比他年輕二十歲的觀眾，當年那個滿身殺氣的青年早已不在了。張楚我則再沒見過，十幾年來，他的生涯屢經顛簸，偶爾看到他的近照，臉上已經佈滿了初老的皺紋，眼神卻仍是男童的清澈。

那捲訪問張楚的錄音帶，後來做節目並沒有用上，現在還擺在老家房間角落的箱子裡。十幾年了，我始終沒敢拿出來聽。

二〇一二

一萬匹脫韁的馬

一位因為工作走遍中國許多城鎮的上海朋友對我說：她不大能明白「萬能青年旅店」為甚麼在台灣也能紅成這樣。她的意思是：若是沒有在石家莊那樣的二、三線中國城市生活過，莫說隔著海峽的台灣，即連北京、上海、廣州那些大城的文青，也未必真能體會「萬青」那種浸透骨子的、二線城市青年的混混氣質。

我不曾去過石家莊，我也不曾去過布魯斯史賓斯汀（Bruce Springsteen）的Asbury Park，或是喜悅分隊（Joy Division）的曼徹斯特。說來慚愧，我甚至不曾登上胡德夫和巴奈的大武山。陳昇和「新寶島康樂隊」在海峽對岸粉絲極多，我亦不無納悶：他那屬於潮熱南島的土台味，在冬雪封城的北國究竟是如何被理解的呢？

或許我的朋友要說的是：萬青之走紅，並不等於千萬人便都理解了那音樂的來處，他們其實始終都是尷尬而寂寞的。他們紅了，也只不過把這份尷尬和寂寞複製放大了千千萬萬倍——搖滾核心的矛盾，似乎始終如此。

你把整付青春獻給了這輩子你自認唯一能做的事，從「正常社會」的縫隙掉落出去，一心覺得自己會成為偉大的藝術家。你遍聽歷代經典名盤，瘋了一樣地練琴，反覆「和磁帶上的外國人較勁」，五年過去，你練出一身絕活，仍然沒沒無聞，窮得有一頓沒一頓。十年過去，團員來了又走，你漸漸跌入憂鬱症的深淵，開始認真懷疑自己不屬於這顆行星，獃望天空，想著幽浮甚麼時候來接你回家。

你不再年輕，漸漸活過了搖滾史那些早夭神人的歲數。十多年不離不棄的哥們兒替你彈出來的旋律填上了如蜜如夢如刀的詩句，你開始認真把那些歌錄下。剩下兩人玩團未免太寒磣，你們邀了同在這混帳的城裡編搖滾雜誌的一哥們兒入團，那哥們兒說他甚麼都不會就只會吹小號，於是你們的團便有了小號。你們拉來一個比你年輕八歲的小伙子，讓他坐上了鼓凳。幾個人在平常練團的破爛磚房就著東拼西湊的器材錄著那幾首歌，毫無工業標準可言，土法煉鋼邊做邊學，曠日廢時，事倍功半。好不容易蹭出一首半首成品，拿來和那些樂史經典一比，馬上搖搖頭推倒重來。如是兩三年，那耗盡你整個青春性命的七首歌總算錄完。

一夕之間，你們征服了全中國樂評人，被譽為中國搖滾的救世主。你們拿下一座又一座的大獎，從小酒館克難巡演「蹭吃蹭喝蹭住」的世界唱到了音樂節壓軸，再唱到了香港和寶島台灣。你望著舞台底下萬頭攢動，他們一句句跟著唱那首你憂鬱症故事的歌，台上的你面容沉靜，不見悲喜：

站在能看到燈火的橋
還是看不清　在那些夜晚
照亮我們黑暗的心　究竟是甚麼
於是他默默追逐著　橫渡海峽
年輕的人　看著他們
為了彼岸　驕傲地　滅亡

這是萬青的故事。主角是吉他手、作曲兼主唱董亞千（大家叫他「二千」）和他多年的哥們兒，貝斯手兼作詞者姬賡。從社會人的眼光看來，董亞千和姬賡幾乎是彼此的反面：一個是不事生產的社會邊緣人，「十多年加起來掙不到幾百塊錢」；一個是河北師大作育英才的英語教師（學生之中不乏萬青樂迷，在網路社群興奮分享親炙「姬老師」風采的故事）。然而他倆的搭檔，就像約翰藍儂和保羅麥卡尼（John Lennon & Paul McCartney）、米克傑格和凱斯理查（Mick Jagger & Keith Richards）、莫里西和強尼馬爾（Morrissey & Johnny Marr），兩人互為陰陽表裡，缺了誰就不是那回事了。他倆中學時代便一起組了團，那還是九○年代，網路尚未普及，舶來搖滾的來源主要是「打口帶」——西方國家把滯銷的庫存唱片、卡帶作為塑膠廢料論噸運到中國做「最終處理」，外殼都打了洞或者剪了口子以示報廢。這些回收廢料經有識之士發掘，竟成了不只一代人的啟蒙材料。通過打口帶，他們聆聽了大量的西洋搖滾經典，這幾乎是那個時代每個玩樂隊孩子的必經之路，只不過他們聽得更多一些、深一些。

花了好幾年，董亞千戮力練琴，苦追那些西方搖滾宗師。他的吉他師承並不僅僅止於九○年代的美國另類搖滾風潮，而是一路回溯史提夫雷范（Stevie Ray Vaughan）、杜恩奧曼（Duane Allman）、吉米韓崔克斯（Jimi Hendrix），直追芝加哥，遠眺密西西比三角洲，一派正統的藍調底氣。因為喜歡九○年代美國另類搖滾團盲瓜（Blind Melon），他們把團名取作The Nico，那是二十八歲嗑藥而死的主唱夏儂胡恩（Shannon Hoon）襁褓中女兒的名字。這個團在石家莊搖滾史並沒有留下太多痕跡，成員變動頻仍，大多數時間等於半解散狀態。二○○二年，他們決定改名「萬能青年旅店」，這是從董亞千寓居河邊那排破房子得來的靈感：各路人馬經常在那兒閒混，儼然石家莊的嬉皮公社。據說路上隨便問個面熟的人都有那兒的鑰匙，除了董亞千自己。

就在那一陣子，姬賡嘗試為董亞千的旋律填上中文詞。〈不萬能的喜劇〉是第一步的嘗試，歌詞很短，卻有極長的尾奏。這首歌在網上流傳好幾個版本，是萬青五、六年來反覆實驗的痕跡：不插電版、純演奏版、無小號版……。直到二〇一一年專輯出版，纔終於落實了每樣樂器的位置。抒情的前段轉入暴烈的後段，棉裡藏針，高潮迭起：

哎，愉快的人啊
和你們一樣，我只是被誘捕的傻鳥，不停歌唱
哎，悲傷的人啊
和你們一樣，我只是被灌醉的小丑，歌唱

萬青沛然莫之能禦的力量，來自環環相扣的部件：老辣的電吉他、璀璨的小號、聲嗓毫不自戀卻收放自如的主唱、澎湃的鼓和貝斯，再加上柔情似水的提

琴、笛子、曼陀鈴。萬青的歌不單有美不勝收的旋律，還有詩——在演唱英文歌詞為尚的獨立搖滾圈，萬青讓我們省悟：語言的揀擇，便決定了精神的去向：

是誰來自山川湖海
卻囿於晝夜、廚房與愛？

還有更模稜、同時也更直白的：

在這顆行星所有的酒館
青春、自由似乎理所應得
面向渙散的未來
只唱情歌，看不到坦克

姬賡曾說：若是把「酒館」代換成「廣場」，就全明白了，畢竟那時候「他們確實把坦克開上街了」。但他不願意那麼寫，寧願用「酒館」保留一點兒希望，讓那件「特別殘酷的事兒」退到背景。在中國，政治無所不在，哪怕你不想招惹它，它也時時來招惹你。一部中國搖滾史，幾乎有半部都是音樂人和它周旋的曲折歷程。萬青這幾個「八〇後」身處「後改革開放」的經濟狂飆時代，自然不復崔健〈一無所有〉、〈一塊紅布〉那種荒蕪中苦苦掙扎的大敘事、大史詩。他們的苦悶自有別種質地，像這樣的詞：

不事勞作　一無所獲
厭惡爭執　不善言說
終於淪為沉默的幫凶

聽者有心，或不免把「爭執」聽成「政治」。這歌叫〈十萬嬉皮〉，開頭雖寫「大夢一場的董二千先生」，其實豈止一代人的集體狀態。

初次看萬青演出是二〇一一年春北京「草莓音樂節」，那時專輯剛出半年。老實說，對照他們錄音製作簡直無懈可擊的專輯，那天現場看到的萬青，感覺只算還行，總覺得少了點兒甚麼。或許囿於現場硬體條件，又或許從live house來到這樣大的戶外場地，能量不免有點兒渙散。不過，底下觀眾是很high的。那是沙塵暴和楊柳飛絮成災的季節，風極大，吹得人人灰頭土臉，很有幾分悲壯神色。

萬青登台的時候，天色緩緩暗下來，草坡上幾千青年擠在一處，虔誠望著舞台。壓軸曲照例是〈殺死那個石家莊人〉，全場齊齊念咒一般跟著董亞千唱：

在八角櫃檯　瘋狂的人民商場
用一張假鈔　買一把假槍
保衛她的生活　直到大廈崩塌
夜幕覆蓋華北平原　憂傷浸透她的臉

二〇一二年三月八日晚上，在爆滿的台北 The Wall，我再次聽見全場跟著董亞千齊聲唱起這首歌，從頭到尾一字不漏，只不過捲著舌頭的北方腔普通話換成了台灣腔的國語。隔了兩天，在高雄「大港開唱」，碼頭邊搭起的舞台底下擠著好幾千人，我又聽到了台灣腔的齊聲合唱——這是多少年來，我所親見第一支能在台灣展現如許魅力的對岸樂團。那兩天的萬青，較諸十個月前我看的那場演出，台風更穩，能量更飽滿，換句話說，更不愧他們橫掃樂壇的聲望了。

The Wall 演出前一天，萬青剛下飛機不久，我便約了採訪，和董亞千、姬賡、史立在永和一間泡沫紅茶店面對面坐下，一時無話，彼此都很拘謹。為了打破尷尬，我和姫賡聊起〈殺死那個石家莊人〉的幾個細節：「八角櫃檯」是專有名詞嗎？（不是的，只是個意象，想像出來的，其實人民商場沒有八角形的櫃檯。）人民商場是個甚麼樣的地方？（小時候石家莊最熱鬧的百貨商場，現在破落了。）河北師大附中是頂好的學校嗎？（說不上頂好，也就是還行吧？）

弄清楚這些，就能更完整地理解這首歌嗎？好像也不見得。詩的魅力，往往在於那些不能解釋、不該解釋的，就像這首歌與世紀初那場實有其事的靳如超爆炸案（註）若即若離的牽連，未必需要坐實。歌裡這樣的句子，即使從未去過彼地、不知那間教室的模樣，也不妨礙它在心裡激起的千層巨浪：

河北師大附中　乒乓少年背向我
沉默的注視　無法離開的教室
生活在經驗裡　直到大廈崩塌
一萬匹脫韁的馬　在他腦海中奔跑

姫賡倒是解說了幾句：乒乓球在對岸素有「國球」之稱，是師長眼中不妨提倡的正當活動。於是在這兒，「乒乓少年」暗喻著一個壓抑的乖乖牌，打球或許是他鬱悶的青春時光唯一的宣洩。言罷，唱過這首歌無數次的董亞千笑道：「唉唷，原來還有這層意思！以前怎麼沒聽你說過這段兒？」

話說萬青大概真的是很紅了——聽說有樂迷自己組了石家莊觀光團，設計「萬青主題之旅」，一一造訪歌裡提到的景點，徘徊留影。

或許，多年之後，它們都將因為萬青的歌而不朽：河北師大附中、瘋狂的人民商場、秦皇島那座「分割世界的橋」，甚至林立的洗浴中心。他們在自己的歌裡預示過的：

肥胖的城市
驅趕著所有拒絕沉沒的人
那首瘋狂的歌又響起

二〇一二

註：二〇〇一年三月十六日，在河北石家莊發生的連環爆炸案，造成一〇八人死亡、三十八人受傷。主犯靳如超被判處死刑，但此案疑點甚多，真相迭有爭議。

江湖，秋蟬，美麗島

深秋連下三天雨，廈門倏地放晴了。推開窗，華新路一九五〇年代返鄉華僑蓋的別墅陽台臨著綠油油的龍眼樹，風吹進房間，狗遠遠地叫起來，四處都是鳥鳴。「走江湖」十三天，從台北飛香港抵北京轉南京赴上海，一路到廈門，人終於鬆下來了。

上海虹橋到廈門北站，坐時速兩百公里的動車得花上將近九小時。滿車廂都是揹一式旅行包、戴一式帽子的大爺大嬸旅行團，大著嗓門串門子聊天，拿出MP3扭大聲量至少播了二十遍江蕙〈再會啦心愛的無緣的人〉，後來還索性辦起「唱紅歌」團體大賽，簡直把車廂當成趕集了——不過老實說，大嬸那把嗓子還真是不錯，要是她願意少唱幾曲，我是很樂意聽聽的。

我們坐的這區，則是另一番音樂風景：「中國新民謠」指標人物盲歌手周雲蓬坐在我對面，長髮披肩，一臉威嚴，吉他在手如俠客持劍。我的鄰座是台灣資深音樂人李子恆——楊芳儀與徐曉菁〈秋蟬〉、林慧萍〈情難枕〉、蘇芮〈牽手〉、小虎隊〈蝴蝶飛呀〉都出自他的手筆。

老周端坐練琴，李子恆聽了半晌，道：「雲蓬啊，有幾個和弦指法，我教教你。」然後便執起老周的手，一句句地教他彈〈秋蟬〉一九七九年原版間奏那段華麗細緻的高把位琶音。老周一邊練一邊讚歎：「這編得太好了，已經有古典吉他獨奏曲的程度啦！」

〈秋蟬〉是李子恆發表的第一首歌。當年他還在服兵役，被派去參加「三民主義講習班」，眾人瞌睡連天，他卻靈感乍現，在筆記簿寫下這首歌詞，後來用卡式錄音機自彈自唱，寄給當時的女友（後來的妻子）當情書。女友沒徵得他同意，就把那捲錄音帶寄去參加「金韻獎」創作組大賽，果然一舉中選。後來發生的，便是耳熟能詳的歷史了：〈秋蟬〉成為校園民歌傳唱極廣的名曲，李子恆自此踏入樂壇，成為炙手可熱的詞曲作者兼製作人，從姜育恆到小虎隊到周華健，親歷了台灣流行音樂最最輝煌的黃金時代。

我們這趟旅行名喚「走江湖音樂節」，緣起「野火樂集」二〇一二年初籌劃中國大陸民謠歌手來台的「走江湖」系列巡演，邀來對岸獨立音樂圈備受矚目的創作群體：周雲蓬、小河、萬曉利、張瑋瑋、郭龍、張佺，一行人從台北Legacy唱到台東鐵花村，沿途結識許多同行，大家都喜歡得不想回去。臨走，老周說：甚麼時候也讓台灣歌手去大陸「走江湖」，他們必定投桃報李，全心款待。

言猶在耳，不過短短半年，縱走中國的「走江湖音樂節」巡演便真的辦起來了。「野火」帶著台灣青年原住民歌手赴對岸演出，在北京，小河和張瑋瑋擔任嘉賓助陣。到了上海和廈門，周雲蓬義不容辭，專程從大理飛來會合——他們都是「中國新民謠」風潮最響亮的名字，也都是聽台灣流行歌長大的孩子。見到李子恆，他們紛紛變成小樂迷，每個人都是同一句台詞：我是聽您的歌長大的。

李子恆和我隨行參加每一站的巡迴講座，希望對岸聽眾對台灣創作音樂不僅「知其然」，也能「知其所以然」。另一方面，也想通過互動，更實在地體會一下彼地聽眾的狀態。起初李子恆並沒有上台演出的打算——這次巡迴講座甚至是他第一次公開講演，他在唱片圈幕後工作三十餘年，名作無數，但站到前台演出，卻只有寥寥三兩回。他在北京拗不過眾人鼓譟，上台為歌手陳永龍彈琴伴奏。新歌〈海岸線〉好聽得要命，歌詞也寫得漂亮：

風說過了，愛是一座島
曲曲折折，起點也是終站
愛說過了，心也是一座島
曲曲折折，你我總會相見

受到觀眾鼓舞，到了第二場，李子恆再接再厲，發表新作〈回家〉，一首洗鍊、深沉的歌。全場震懾歎服、屏息以聽。它是這樣作結：

一個踉蹌，半個世紀身段
一推開門，陣陣陳年酒香
一個踉蹌，歷史腳傷未曾好
一推開門，耳邊傳來：
「嗯，誰啊？這麼晚……」

對岸青年樂迷不只對小虎隊充滿青春期的記憶，對〈秋蟬〉、〈情難枕〉、〈牽手〉也都如數家珍。講座每到觀眾問答，總有人希望李子恆親口唱一曲，然後便是全場齊聲大合唱，那景象每每引人紅了眼眶——這些歌，台灣的青年未必多麼珍惜，卻是對岸不只一代人細心護持的寶貴記憶。

張瑋瑋在北京的演唱會唱了〈秋蟬〉獻給李子恆。他的嗓子乾燥而質樸，吉他也是清湯掛麵一路，這版本遂帶著北國的蕭瑟。我未曾想過半輩子聽得滾瓜爛熟的〈秋蟬〉竟也可以這樣唱，而且獨有風姿。周雲蓬在廈門唱的版本則又不同：老周一有空就閉關勤練李子恆教他的指法，正式演出的時候，他把整曲節奏放慢，撥弦錯落有致，〈秋蟬〉那些熟悉的句子這麼一唱，便依稀有了遠眺民初的氣質。那段華麗的琶音，老周苦練有成，不辱使命。一首一九七九年的台灣校園民歌，就這樣抽長出新綠的枝枒，伸到了對岸的林子裡：

花落紅花落紅，紅了楓紅了楓
展翅任翔雙羽燕，我這薄衣過得殘冬……
秋去冬來，美景不再
莫叫好春逝匆匆
莫叫好春逝匆匆

都說南京人特別有「民國情結」，城裡遍佈舊都遺跡。東郊的中山陵天天擠滿全國觀光客，譚延闓寫的「中國國民黨葬總理孫先生於此」墓碑上那枚青天白日徽，據說文革時一度鑿掉，八〇年代重新整修又刻了回去。靈谷寺「國民革命軍陣亡將士公墓」祭堂壁上是百來塊黑色大理石碑，密密麻麻刻著北伐、淞滬會戰、華北抗戰陣亡者的姓名。朋友說：文革期間，鄉人把祭堂整面牆壁糊上一層泥，遮去碑文，乃保全了這三萬多個「國軍」的名字免遭劫難。

我細看那些八十幾年前死去的青年的名字，許多的「占魁」、「永福」、「發元」、「得勝」，亦有「尹左崑」、「鄒梅仙」、「易泉高」這樣雅緻的名字。經過這麼些年，若干部位漫漶缺損，難以辨認。碑上掉了的名字，或許就是那死在異鄉戰場的青年與人世的最後一線聯繫了。

南京據說是中國「文藝青年大本營」——這兒高等院校特別多，文風很盛。我曾在地下停車場改建、規模極之壯盛的「先鋒書店」講演，聽眾之中有人T恤印著陳獨秀主編的《新青年》雜誌封面，還有一男生，神情冷肅，前胸八個大字：三民主義，五權憲法。

「青果」酒吧在秦淮河畔遊人如織的夫子廟風景區。這家店新開不久，儼然已是南京「文青」重點聚落。這一帶和許許多多中國景點一樣，忙著挖地拆房施工。「青果」巧思用老屋拆下的部件佈置店面，朋友指著店招說：那立體的「青果」二字是許多釘子拼成，都是老闆從拆下的建材親手蒐集的舊釘子，它們興許見識過辛亥革命、北伐、抗戰呢！

十月二十五日晚上，台灣「走江湖」巡演在「青果」開唱。板凳排起來，現場擠了一兩百人。阿美族的狄部絲和琳恩雅、卑南族的陳永龍、魯凱族的陳世川，從古調唱到原創曲，從母語唱到漢語，一系列輕快的歌謠之後，氣氛沉靜下來，永龍悠悠唱起同是卑南族南王部落出身的創作前輩陸森寶遺作〈美麗的稻穗〉：

今年是豐年，家鄉的水稻將要收割
願以豐收的歌聲，報信給前線金馬的親人
唱給前線的親人啊！
家鄉的造林，已經長大成林木，是造船艦的好材料
願以製成的船艦，贈送給前線金馬的哥們兒
給前線金馬的哥們兒啊！

這首歌，在台灣東岸流傳了許多年。一九七七年，歌手楊弦從老友胡德夫那兒學唱〈美麗的稻穗〉，收進專輯《西出陽關》，當年他們都以為這是一曲古謠。後來胡德夫投身原住民運動，返鄉重新學習這首歌，纔知道它是陸森寶一九五八年寫下的新創曲。那一年「八二三」金門砲戰爆發，許多部落青年被徵兵去金馬作戰，陸森寶看故鄉水稻豐產卻無壯丁收割，乃寫下了這首歌。二〇〇五年，胡德夫發行首張專輯《匆匆》，再次收錄這首歌，距楊弦版二十八年，籌劃發行的團隊正是「野火樂集」。

陸森寶卑南族名 Baliwakes，意為「旋風」。一九三九年日本政府令所有台灣原住民族改日本名，遂易名「森寶一郎」。一九四五年台灣光復，次年行政院令原住民族改漢姓漢名，「森寶一郎」又變成「陸森寶」——就像這身不由己的名字，短短二十年間，住在台灣幾千年的原住民，先是變成日本人，青年參加「高砂義勇隊」去南洋叢林和美軍打仗，一下又變成中國人，青年被拉去當「國軍」和解放軍打仗。〈美麗的稻穗〉天籟的旋律底下，埋藏了苦澀的歷史。

台上台下，海峽兩岸，都是未曾經驗戰爭與飢餓的新生代。歌聲攪動起來的記憶，儘管遙遠，卻仍真真實實。

這兩年往對岸走動次數多了，初見彼岸青年人屢屢對台灣流行音樂史悉心考掘、如數家珍的那種「文化震撼」，也漸漸「見怪不怪」。然而那夜在南京「青果」，我還是被狠狠震撼了。永龍唱起壓軸的〈美麗島〉，全場一兩百位多半纔二十來歲的南京青年，竟然全數跟著唱起這首李雙澤一九七七年的遺作，一字不漏。一首歷盡滄桑曲折，與台灣近代歷史緊緊相連的歌謠，以陌生的口音，隔著兩代人的距離從彼岸「回放」。那些本已爛熟的詞，倏然有了全新的意義。歌至高潮，台上台下高聲齊唱：

我們這裡有勇敢的人民
篳路藍縷，以啟山林
我們這裡有無窮的生命
水牛、稻米、香蕉、玉蘭花

我想，李雙澤天上有知，肯定驕傲地看著這一幕。我們這群各自攜帶著不同身世記憶、吹不同的風、喝不同的水長大的孩子，在這一夜，因為同一首歌而一齊流下了眼淚。

二〇一二

輯二

你轉回頭

巨龍之眼，美麗之島

二〇一一年五月二日晚上，六十一歲的胡德夫——我們叫他Kimbo——在北京通州運河公園「草莓音樂節」登台獻唱。舞台底下黑壓壓一大片人頭，幾乎都是二十郎當的青年。他們定定站著，雙眼放光，一臉虔誠。這是「台灣舞台」的最後一段節目，同時會場兩邊大舞台的壓軸表演也正火熱：一邊是「二手玫瑰」，另一邊是謝天笑，暴躁的音浪自遠方一左一右轟轟然輾過來。Kimbo沒有樂隊伴奏，他的武器只有一架鍵盤，和他的一把老嗓子。偶爾，年輕的口琴手小彭會竄上台去吹幾段，聊作幫襯。

當Kimbo粗壯的手指滑過琴鍵，開口唱歌，所有背景噪音瞬時像海潮一樣退去。

我確實看過許多次Kimbo的演出。七〇年代末我還是小學生，便曾在台北國際學舍或者國父紀念館的演唱會上，看過一頭黑髮的青年Kimbo彈平台鋼琴唱〈牛背上的小孩〉、〈匆匆〉。我也曾在世紀初的台北「女巫店」看他唱歌，客人只有寥寥幾桌。二〇〇五年他終於出版第一張個人專輯《匆匆》，在台北「紅樓」劇場辦發表會，那夜我也在座。三十年前的青春狂夢、二十年前的衝州撞府、十年前的憔悴落魄，盡成往事。台下冠蓋雲集，昔日戰友多少恩怨情仇，如今許多已是台灣最有錢最有權的人。Kimbo開口唱歌，他們齊齊落淚。散場時那些翻臉多年、各事其主的頭臉人物真誠地緊握雙手，勾肩拍背，相約宵夜飲酒。彷彿起碼這一個晚上，藉著Kimbo的歌，他們可以回到世界還沒那麼複雜的時代。

經歷過那些場面，我以為能經驗的都經驗過了，我將好整以暇聽完這場演出。然而Kimbo唱起〈美麗島〉。歌到中途，我發現自己正嘩嘩地流眼淚。我赧然抹了把臉，偷偷張望左右前後，他媽的，每個人都在抹眼淚，連音控台前的大哥也未倖免。

這大概是我不只第十遍聽Kimbo唱這首歌，我以為〈美麗島〉很難再讓我哭了。打從八〇年代末——台灣解除戒嚴、這首歌「開禁」的時代算起，大概有二十多年，我在任何演唱會聽任何人唱這首歌都會掉眼淚。天知道，李雙澤和梁景峰一九七七年寫下〈美麗島〉的時候，連一絲一毫悲壯的意思都沒有呀。這原該是一首明亮、開闊、歡悅的歌。是後來發生的事，為它披上了苦澀的色彩。

Kimbo在台上說：「我最後來唱一首頌讚大地的歌，叫做〈美麗島〉。」底下一片歡呼鼓掌，我暗暗吃驚於彼岸青年人對Kimbo與台灣樂史的熟悉，畢竟這首歌從未在此地公開發行——當年《匆匆》引進版專輯在對岸上市，〈美麗島〉沒能通過審批，從唱片中消失了。

我們搖籃的美麗島，是母親溫暖的懷抱
驕傲的祖先們正視著，正視著我們的腳步
他們一再重複地叮嚀：不要忘記，不要忘記
他們一再重複地叮嚀：篳路藍縷，以啟山林

唱罷「篳路藍縷，以啟山林」，Kimbo豪氣地說：「歡迎到台灣來！」全場歡聲雷動。

〈美麗島〉由李雙澤譜曲，歌詞作者是梁景峰，靈感來自七〇年代「笠」詩社女詩人陳秀喜的作品〈台灣〉。與其說梁「改寫」原詩，不如說這是基於原作的「再創作」。比方原詩並無「美麗島」一詞，而是「形如搖籃的華麗島」，梁景峰改成了「我們搖籃的美麗島」。陳秀喜語言質樸，「篳路藍縷，以啟山林」這樣古雅的句子則是梁景峰「置入」——這八個字典出《左傳》，一九二〇年連橫（連戰的祖父）刊行《台灣通史》，序言引了這句話，該文亦是「美麗島」一詞出處：

> 夫臺灣固海上之荒島爾！篳路藍縷，以啟山林，至於今是賴。……洪惟我祖宗，渡大海，入荒陬，以拓殖斯土，為子孫萬年之業者，其功偉矣……婆娑之洋，美麗之島，我先王先民之景命，實式憑之。

梁景峰是李雙澤亦師亦友的哥們兒，在淡江德文系任教。寫下〈美麗島〉的時候，他三十三歲，李雙澤二十八歲。梁景峰曾赴德國留學，遇上了西半球學潮大作的時代。當年台灣尚未開放出國觀光，許多青年都是因為留學，而一頭栽進了西方「青年文化大爆炸」的震央。他們後來有人留在學術世界繼續探勘，有人投入「保釣」運動被列入「黑名單」數十年回不了家，也有人選擇回到故鄉，像揣著火種的普羅米修斯，伺機要讓彼時冷肅的台灣多亮幾星火光。梁景峰，就是這樣一位「歸國學人」。

婆娑無邊的太平洋，懷抱著自由的土地
溫暖的陽光照耀著，照耀著高山和原野

末一句，原詞是「高山和田園」，Kimbo總是唱「原野」，我猜這和他在東海岸大武山麓成長的記憶有關。從「田園」到「原野」，視界確實更開闊了。

台灣島西面海峽，先人所謂「黑水溝」，海象凶險，沉船無數。東岸臨太平洋，海床直劈而下兩千米，海岸臨水陡升，越過花東縱谷，便是重巒疊嶂的中央山脈，直上海拔四千米的玉山主峰。十六世紀葡萄牙水手航經花東海岸，看到這壯美的風景，遂把此地命名Ilha Formosa——福爾摩沙，美麗之島。

Kimbo的故鄉，在台東大武山。一九五三年，他的族人在「山地部落平地化」政策中被強迫離開祖先的土地，從高處遷村到山麓的嘉蘭部落。二〇〇九年「八八水災」，全村四百戶人家，有五十幾戶被沖進了太平洋。

我們這裡有勇敢的人民
篳路藍縷，以啟山林
我們這裡有無窮的生命
水牛、稻米、香蕉、玉蘭花

這段Kimbo唱了兩遍，彷彿要確定每一句意象都確確實實穿透了每一個聽者的身體。

「水牛」與「稻米」是相互依存的：四百年來，水牛始終是台灣農耕的主要動力，有水稻處便有水牛。牠們祖先來自華南，隨漢人渡海，適應了海島環境。一九五〇年代中期戶口普查，台灣總人口九百八十七萬，水牛則有三十三萬。台灣牛溫馴、堅毅、耐苦，台灣人亦常引以自況。如今水牛已經少見了，但仍有許多人感念牠們一生辛勞，仍遵守老輩的家訓，不吃牛肉。

當年胡德夫離家到淡江中學念書，寫信給父親說：「請把牛寄上來，這裡有一大片草地。」後來他纔知道，那是高爾夫球場。

香蕉是台灣人熟視而近乎無睹的日常水果。它曾是六〇年代佔台灣外匯收入三分之一的出口商品，也讓許多蕉農成為富豪：當年每公斤香蕉的外銷價是新台幣六、七塊，一整串蕉起碼能賣一兩百，收割四棵香蕉，就能抵公務員一個月的薪水。

到〈美麗島〉創作的七〇年代，香蕉外銷的黃金歲月早已不再。台灣的小農生產模式敵不過菲律賓、中南美洲蕉農大規模的企業化經營，出口量持續銳減，利潤愈殺愈低。二〇〇〇年台灣香蕉豐產滯銷，產地價格跌到每公斤新台幣一元，蕉農索性拿去餵牛，超過十萬公斤的滯銷香蕉只能倒進河裡。類此情節反覆上演，二〇一一又逢台灣香蕉豐產，寫這篇稿的時候，家樂福的香蕉一公斤只要新台幣十五元。

玉蘭花奇香撲鼻，早年台灣女子常以花瓣別在髮梢衣襟。它也是祭神常備的供品，廟宇酬神的日子，總有小販把沾著水珠的潔白玉蘭花堆成一座座小山。善男信女買來一朵，和素果麵點一起盛盤擺上供桌。城裡十字路口也有挎著籃子賣玉蘭花的，她們趁紅燈巡走在停等的車陣，駕駛人搖下窗戶買一朵，玉蘭花都串上了鐵絲，掛在後照鏡，能香一整天。

近年賣玉蘭花的少了，車陣中巡走的打工者，發送的都是賣房廣告。

我記得七〇年代末的「校園民歌」演唱會，最後安可曲總是合唱〈美麗島〉——那時這歌還沒變成「黨外雜誌」的名字，大家不大把它跟政治聯想在一起。

七、八歲的我聽到「水牛、稻米、香蕉、玉蘭花」，總是忍不住咯咯笑。怎麼會有人把香蕉和玉蘭花寫成歌詞呢？

〈美麗島〉的作曲人李雙澤，是一個愛唱歌、愛寫文章、愛畫畫、愛拍照、愛交女朋友的傢伙。他大學沒念完，賃居淡水一棟叫「動物園」的房子，淡江師生和各路藝文人士經常在那兒熬夜聚談，儼然「沙龍」。他亦曾浪遊世界，看遍第一世界到第三世界的江湖風景。李雙澤最著名的事蹟，是在一九七六年一場校園演唱會拎著一瓶可口可樂上台，質問唱「洋歌」的青年：「全世界年輕人都在喝可口可樂、唱洋文歌，請問我們自己的歌在哪裡？」傳說他後來一氣擲碎了那瓶可樂，但據當天在場者回憶，那恐怕是誇大的神話。無所謂，李雙澤的「嗆聲」，震撼力並不下於當眾打碎一只玻璃瓶。

既然點了火，他也以身作則，開始寫歌，並用簡陋器材錄下一些作品。一九七七年九月，李雙澤跳海救人，竟溺死在淡水，時年二十八歲，他甚至來不及自己錄下親自演唱的〈美麗島〉。告別式前一天，老友Kimbo和楊祖珺借用「稻草人」西餐廳的錄音器材，就著李雙澤的手稿彈唱這首歌，留下了〈美麗島〉的第一個錄音版本，在葬禮現場初次播放。這個版本後來屢經轉拷，地下流傳許多年，直到二〇〇八年纔正式收錄到楊祖珺《關不住的歌聲》專輯。

單就專業表現論之，那錄音實在不算高明，音質破爛不說，兩人和聲參參差差，有兩處吉他和弦還按錯了。最後唱到「水牛、稻米、香蕉……」，楊祖珺忽然沒了聲音。二〇〇八年我訪問楊祖珺，她說那不是哽咽，而是笑場——她和Kimbo邊唱邊笑：這甚麼詞嘛！那年她二十二歲。

後來的許多年，楊祖珺和Kimbo還會有許多機會合唱這首歌。一九七八年楊祖珺發行個人專輯，收錄管弦樂團伴奏的〈美麗島〉，是這首歌第一次公開發行。不過唱片公司發現楊祖珺被當局目為「問題份子」，深怕受牽連，兩個月後全面回收銷毀。一九七九年五月，「美麗島」成為一本黨外雜誌的名字，十二月高雄「美麗島事件」爆發，這首歌竟輾轉為一九四九以來台灣最重大的政治反抗事件提供了標題，此時李雙澤已經死了兩年。

楊祖珺後來投入「黨外」反對運動，Kimbo則組織「台灣原住民權利促進會」，成為台灣「原運」的旗手，兩人曾在競選卡車上合唱過〈美麗島〉。之後二十年，他倆在各自的陣營經歷了曲折與磨難。Kimbo常常想起李雙澤，他後來覺得應當和天上的老友應和一下，告訴他：這個島依舊美麗。近十年來，他在這首歌的尾奏，總會多唱一折：

我們的名字叫做美麗
在汪洋中最瑰麗的珍珠
福爾摩沙，美麗，福爾摩沙
福爾摩沙，美麗，福爾摩沙

七〇年代初，李雙澤和Kimbo相識。Kimbo彈一手好琴，在西餐廳唱英文歌，頗受歡迎，掙的錢比同齡人都多。有一天李雙澤問他：「Kimbo，你們『山地人』有甚麼歌？唱給我們聽聽。」Kimbo楞住了——他離開故鄉到城裡讀書，考上台大，迷上西洋音樂，夜夜唱歌掙錢，卻從來沒想過「我們自己的歌」。

Kimbo苦思良久，想起父親唱過的一首歌。他在一次駐唱忐忑試唱那首父親唱過的卑南語歌謠，生怕聽慣「洋歌」的客人會喝倒采，沒想到掌聲空前熱烈。得此鼓舞，Kimbo決意唱更多「自己的歌」，這是李雙澤的功勞。此人歌聲堪稱難聽，創作歌曲也只有寥寥幾首，還來不及邁入成熟就死了。這個傢伙的熱情，卻逼使許多人思考、行動，在他死後，那熱力甚至輻射得更大更遠。

Kimbo把父親唱過的那首歌，教給了歌手楊弦。楊弦一九七五年在台北中山堂辦創作發表會，嘗試替余光中詩作譜曲，後來發行《中國現代民歌集》，咸認為是七〇年代台灣青年創作歌謠風潮的「引爆點」。楊弦在一九七七年的《西出陽關》專輯收錄了這曲〈美麗的稻穗〉，一把吉他伴奏，唱得無比清澈、無比虔敬。當時，他和Kimbo都以為這是一首古謠。

後來Kimbo回到故鄉，纔知道〈美麗的稻穗〉是近人作品，作者陸森寶是卑南族南王部落人氏，這首歌壯美的旋律底下，埋著一段苦澀的歷史：一九五八年「金門砲戰」爆發，許多原住民青年被徵兵去前線作戰。故鄉的水稻已經成熟，一起收割的壯丁卻都不在。陸森寶觸景生情，遂有此曲。

釐清這段歷史，Kimbo總算學會了〈美麗的稻穗〉完整版本：

今年是豐年，家鄉的水稻將要收割
願以豐收的歌聲，報信給前線金馬的親人
家鄉的造林，已經長大成林木，是造船艦的好材料
願以製成的船艦，贈送給前線金馬的哥們兒

胡德夫後來常說：李雙澤提倡「唱自己的歌」，開展了他的溯源之旅，而在他心目中，陸森寶是率先踏上這條路的可敬先驅。

李雙澤當年刻意遠離楊弦那種雅緻、文藝、帶著學生味兒的「中國現代民歌」路線，追求一種更不修邊幅、粗礪率性的風格，這自然是受了美國新民謠從伍迪蓋瑟瑞到彼特席格到巴布迪倫的影響。然而不可否認，儘管李雙澤作品質地粗糙、形式簡單，他的確示範了「唱自己的歌」可以怎麼幹——他的歌自有一種粗服亂頭的姿態，不再是「以漢語演唱西洋流行音樂」，又和我們耳熟能詳的東洋、西洋、上海風都不大一樣。那些歌的靈魂，從迪倫出發，一路回溯，最終仍要逼近先民傳唱的那些民謠。

許多人為李雙澤辯護，說他寫〈美麗島〉並不存有政治意識，我想這也未必，端看你怎麼解釋「政治」。他傳唱最廣的另一首歌〈少年中國〉，不也擺進了耐人尋味的意象嗎：

古老的中國沒有鄉愁，鄉愁是給沒有家的人
少年的中國也不要鄉愁，鄉愁是給不回家的人……
古老的中國沒有學校，她的學校是大地的山川
少年的中國也沒有老師，她的老師是大地的人民

要是李雙澤還活著，他多半會和Kimbo、祖珺一樣，不可能自外於後來一連串搖撼台灣社會的事件。只是我們不可能知道：他會不會像當年老友一樣，經歷那許多的磨難與挫折，人過中年，最終在歌裡找到了救贖？

我偶爾會想：設若早生二十年，我會變成李雙澤的哥們兒嗎？大概不會。李雙澤是一個倔強、熱血、滿心正義感的傢伙，並且就跟許多那個歲數的青年一樣，深深相信自己看到的道路，纔是最正確的道路。若是身在一九七六「可樂事件」現場，我想，我不會為他的唐突與無禮喝采。

我在青年時代也認識同樣倔強、熱血、滿懷正義的同輩人，他們才氣確實遠不如李雙澤，我總覺得他們最大的問題是缺乏幽默感，他們深深相信自己可以改造世界，凡不這麼相信的人則必須被改造。他們刻意不修邊幅，個個活成浪人模樣，彷彿這樣就可以擺脫他們多半不壞的出身，假裝自己屬於那個他們從未屬於過的階級。他們崇尚「草根」的土味兒，崇尚「素人」與「民間」這樣的辭彙，敵視精緻、敵視文氣、敵視「為藝術而藝術」。他們認為在這危急的時代沒有人可以置身事外，他們隨時要「啟蒙」你。而我始終覺得所謂自由，就是讓人能有「置身事外」的權利。一旦我們變得和我們反抗的對象一樣無趣、滿嘴教條、隨時隨地逼人表態，那革命還有甚麼意思？——不消說，我們看彼此都不是很順眼。

聽著李雙澤那些粗糙的老錄音，我不禁想起青年時代認識的那些人。若我與李雙澤生在同一時代，多半也會被他目為「覺悟性不夠」、「革命純度不足」的那種人吧？設若如此，我該感到羞愧嗎？

看胡德夫的前一天，我在北京「鳥巢」國家體育館看了整場「滾石三十年」演唱會。其中一個饒富深意的段落，是侯德健和李建復同台唱〈龍的傳人〉——李建復是這首歌的原唱，至於侯德健，這首歌的詞曲作者，已經二十多年未曾在中國大陸公開演出了。那段表演不算特別純熟，恪於時間壓力，歌曲沒能唱全，老侯還唱錯了一段詞。但當李建復介紹侯德健出場，唱了兩句〈歸去來兮〉，仍讓我心震動：

歸去來兮，田園將蕪
是多少年來的徘徊
啊，究竟蒼白了多少年
是多少年來的等待

啊，究竟顫抖了多少年

侯德健，還認識這個名字的兩岸青年恐怕不多了。然而只要回頭專心聽過，你應該也會同意，他實在是七〇年代「民歌運動」孕育的那群青年創作人之中，才氣、底氣俱足的將才。他的創作很早就脫去了彼時「校園民歌」習見的文藝腔，語言乾淨而坦率，並且擅長從「小我」經驗寫出「大我」情結。比方後來讓包美聖唱紅的〈那一盆火〉：

大年夜的歌聲在遠遠地唱，冷冷的北風緊緊地吹
我總是癡癡地看著那，輕輕的紙灰慢慢地飛
曾經是爺爺點著的火，曾經是爹爹交給了我
分不清究竟為甚麼，愛上這熊熊的一盆火……
別問我唱的甚麼調，其實你心裡全知道
敲敲胸中鏽了的弦，輕輕地唱你的相思調

侯德健生於一九五六年，比李雙澤小七歲。他曾說：「政治本該是人的一部

分，人不應該是政治的一部分」——然而事與願違，侯德健半生浪蕩顛簸，幾乎都和「政治的一部分」難分難解。他老是在錯誤時機做正確的事、在錯誤場合說正確的話，結果這個名字就這樣曲曲折折跌進了歷史板塊錯開的裂縫，被海峽兩岸以各自不同的理由遺忘了。

一九七八年十二月十六日，美國宣布將在次年元旦與中華人民共和國建交。這是台灣自一九七一年被趕出聯合國以來，連年外交挫敗的最後一擊。二十二歲的侯德健在這一天悲憤寫下〈龍的傳人〉——說真的，這首歌旋律簡單、歌詞粗糙，絕非侯德健最講究的作品。但是一首歌的命運，往往連創作者都無法逆料。侯德健作夢也想不到這首歌將如何改變他的生命，帶給他多少光榮和詛咒。

〈龍的傳人〉先以手抄曲譜的形式傳唱開來，繼而在一九八〇年由李建復錄成唱片。將近三十年後，我初次聽到侯德健一九七九年親自彈唱的demo，纔發現〈龍的傳人〉原本是一首哀怨而壓抑的民謠，與我們熟悉的悲壯情緒相去甚遠。當年是製作人李壽全和編曲家陳志遠，合力把這首歌「托」了起來：悠揚的法國號前奏、沉鬱跌宕的混聲合唱、浩蕩的管弦樂團……當然還有李建復正氣凜然的清亮歌聲。他們讓〈龍的傳人〉徹底擺脫哀怨，變成了一首悲壯的史詩。

遙遠的東方有一條江，它的名字就叫長江
遙遠的東方有一條河，它的名字就叫黃河
雖不曾看見長江美，夢裡常神遊長江水
雖不曾聽見黃河壯，澎湃洶湧在夢裡

這是一個在台灣出生、成長的眷村子弟，對素未謀面的「故土中國」的執迷。我們想起楊弦唱過的余光中〈鄉愁四韻〉：「給我一瓢長江水呀長江水／那酒一樣的長江水」——長江黃河對彼時的台灣青年，仍只能是可望而不可即的符號。

古老的東方有一條龍，它的名字就叫中國
古老的東方有一群人，他們全都是龍的傳人
巨龍腳底下我成長，長成以後是龍的傳人
黑眼睛黑頭髮黃皮膚，永永遠遠是龍的傳人

在「鳥巢」九萬人的會場，再度聽到這久違的熟悉的歌詞，仍不禁感到錯亂。歷經三十年歲月沖刷，物換星移，如此單薄天真的圖騰標籤，在我耳中益發顯得不合時宜。

而那天在「鳥巢」，他們沒能唱到關鍵的第三段：

百年前寧靜的一個夜，巨變前夕的深夜裡
槍砲聲敲碎了寧靜夜，四面楚歌是姑息的劍
多少年砲聲仍隆隆，多少年又是多少年
巨龍巨龍你擦亮眼，永永遠遠的擦亮眼

「姑息的劍」是為了配合審查而改的詞——當年國府面對兵敗如山倒的外交處境，有「國際姑息逆流」的慣稱。侯德健更早的版本有二：「洋人的劍」、或者「奴才的劍」。「洋人」指列強逼壓，「奴才的劍」則把國族危殆的責任歸到了不爭氣的「自己人」，更耐人尋味一些。

整首歌直到這邊纔轉入悲憤。鴉片戰爭、八國聯軍的恥辱，和台美斷交、洋人「背棄」這片島嶼的現實前後映照。嚴格講，這段歌詞潦草而文氣不通，但正是這曖昧的仇憤，讓〈龍的傳人〉能夠跨越兩岸、在不同的時代凝聚起不同的群眾——它勾起了「同仇敵愾」和「恨鐵不成鋼」的心情，這在台美斷交之後被孤立於國際社會的台灣，以及邁入改革開放、重返世界舞台的中國大陸，都能找到集體焦慮的連接點。於是它先被國府「綁架」成官媒炒作的「愛國歌曲」，直到侯德健一九八三年干犯禁忌「出走」大陸，〈龍的傳人〉在台灣一度變成禁歌。在此同時，它開始在對岸傳唱，相同的詞曲，卻能映射出另一種光譜。

三十多年過去，台灣是老早告別〈龍的傳人〉的意識型態了，而我深深覺得彼岸亦未必需要這條身姿曖昧、體腔空虛的巨龍。見到侯德健終於得以公開登台演出，我衷心為他歡喜。然而老實說，同樣關於歷史、國族和家園，我更願意再唱一次〈美麗島〉，再聽一次〈少年中國〉。我還更願意拿出蒙塵的老唱片，再放一次侯德健「出走」對岸之後寫的〈歌詞一九八三〉，那年老侯二十七歲：

回想起當年，沒問完的問題很不少
只是到如今，還需要答案的已經不多
關於鴉片戰爭以及八國聯軍，關於一八四〇以及一九九七
以及關於曾經太左而太右，或者關於太右而太左

以及關於曾經瞻前而不顧後，或者關於顧後卻忘了前瞻
以及或者關於究竟哪一年，我們才能夠瞻前又顧後
或者以及關於究竟哪一天，我們才能夠不左也不右……

二〇一一

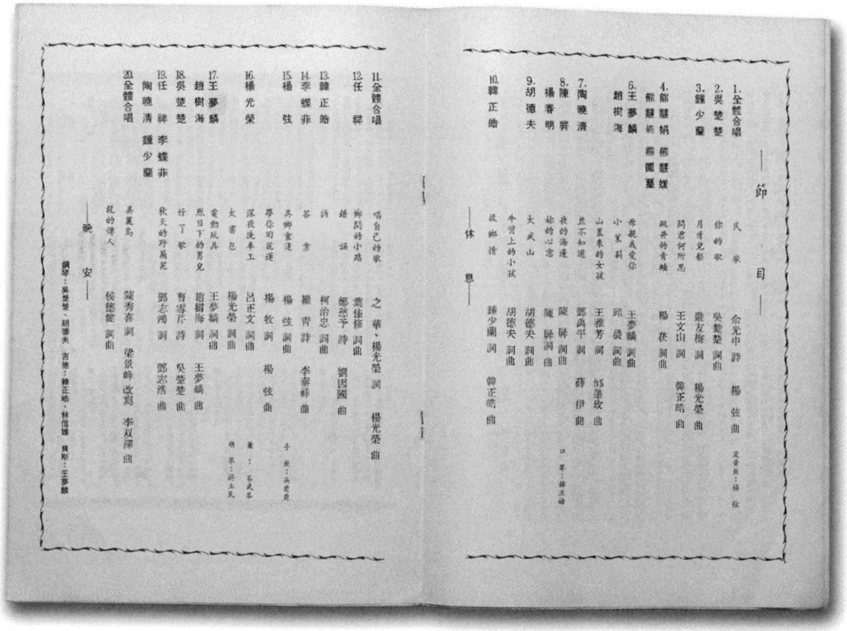

一九七九年八月「唱自己的歌」演唱會節目冊，最後「全體合唱」的正是〈美麗島〉和〈龍的傳人〉。四個月後，「美麗島事件」爆發。

白色的恐懼，紅色的污泥

甲午戰爭百餘年來，台灣不斷接受外來文化與新移民的刺激，遂也漸漸習慣了「混血」式的文化樣態。台灣曾經戒嚴近四十年，然而針對文化內容的管制，較諸政治體制的壓抑，相對還是寬鬆一些，舶來文化商品繁多。到七〇年代「尋根」風起，青年世代重新摸索「身分認同」，首先要面對的，也是這盤根錯節的「混血」情結。

一九七一年奚淞、黃永松、吳美雲、姚孟嘉創辦《漢聲》雜誌英文版，一九七七年改為中文版，深入探討古蹟保護、民間藝術與庶民文化。一九七三年林懷民創辦「雲門舞集」，高信疆接掌《中國時報》人間副刊，提拔新銳作家，推行報導文學，引介素人畫家洪通、恆春老歌手陳達。一九七五年歌手楊弦在中山堂開演唱會，出版專輯，替余光中的現代詩譜曲，點燃「民歌運動」。一九七六年李雙澤在淡江大學演唱會手持可口可樂，怒道「走遍世界，年輕人喝的都是可口可樂，唱的都是洋文歌」，遂令「唱自己的歌」成為廣為流傳的精神口號。一九七七年「鄉土文學論戰」爆發，深化、普及了「尋根意識」，同年「金韻獎」創辦，「青年創作歌謠」風潮徹底改變了華語樂壇的走向。

這些事件，都有一股純粹近乎天真的底氣。事起之初，都未必想像得到後面將引出多麼不得了的效應，更未必有「運動」的自覺。在台灣外交處境節節敗退的時代，青年有強烈的危機感，也有巨大的使命感。他們未嘗經驗過父母輩叨念的戰亂歲月，擁有比較好的物質條件和閒暇時間，得以探索興趣，甚至將興趣發展成專業。政府高喊「莊敬自強、處變不驚」的時代，青年人一方面深受舶來文化的「混血」影響，對西洋與東洋的青年文化深自嚮往，一方面又體會到台灣仰「上國」鼻息之可悲，而產生出民族主義的意氣和「尋根」的焦慮。

要理解這樣的糾結，我們可以用一首歌來說說：羅大佑的〈亞細亞的孤兒〉。

羅大佑的父親是苗栗客家人，母親是台南人，但他從小在台北長大。一九八三年，羅大佑發行第二張專輯《未來的主人翁》。A面第二首歌便是〈亞細亞的孤兒〉：

亞細亞的孤兒在風中哭泣
黃色的臉孔有紅色的污泥
黑色的眼珠有白色的恐懼
西風在東方唱著悲傷的歌曲

當年歌詞頁，〈亞細亞的孤兒〉有一行副標「致中南半島難民」——七〇年代越戰結束，許多人從海路出逃，舢舨、漁船擱淺在南中國海的珊瑚礁，餓死渴死者眾，竟還有人相食的慘事。那樣的故事，成了當年國民黨政權對內最好使的「反共教材」。

然而，只要你知道「亞細亞的孤兒」一詞出處，便明白那「致難民」的副標是障眼法。《亞細亞的孤兒》是台灣作家吳濁流一九四五年完稿的長篇小說：一個叫胡太明的台灣青年，在家鄉受日本殖民者欺壓，日本留學歸來卻被鄉人排擠，赴中國大陸又被視為外人，最終逼瘋了主角。羅大佑借用這個意象，開篇四行歌詞，竟彷彿已從鴉片戰爭、八國聯軍，一路走到了國共內戰與島嶼長年的戒嚴。

羅大佑是在當醫師的父親書架上看到了《亞細亞的孤兒》，那一剎那，他腦中響起了副歌吟哦的旋律。羅大佑的父親曾在日治時代被派去南洋當軍醫，一千個台灣兵只有三百人活著回來。後來國府敗退遷台，政權危殆之際下重手鎮壓異己，開啟了漫長的「白色恐怖」時期。父輩大半生承受不同政權的時代動盪，「胡太明」的命運非但是不堪回首的集體記憶，也預告了後來苦澀的歷史。

假使不加遮飾，光憑「白色的恐懼」一句，在戒嚴時代，羅大佑很可能從此無法出唱片——那「致難民」的副標，表面迎合了執政者的「主旋律」，暗地卻為所有懂得「解碼」的人，偷渡了一則國族歷史的大敘述。

這首歌背後的曲折，反映七、八〇年代台灣創作人的處境：嚴密的審查制度之下，創作人必須苦心設計「偷渡」路線，埋藏「暗號」，氣味相投的聽眾得設法從字裡行間「嗅出」那密碼。當一首這樣的歌透過電波向四方播送，那「啟蒙」的暗號，便可能改變不只一小撮人的生命：

亞細亞的孤兒在風中哭泣
沒有人要和你玩平等的遊戲
每個人都想要你心愛的玩具
親愛的孩子你為何哭泣

這是早期羅大佑最好的歌詞，語言直白而不失詩的質地，一洗「民歌」習見的學生腔、文藝腔，正如「民歌」一洗早年流行歌詞的歌廳氣、江湖腔。然而羅大佑在開創中文歌詞新局的同時，亦曾陸續以余光中、鄭愁予、吳晟詩作譜曲，其實承繼了「民歌」時代「以詩入歌」的傳統。那一輩「知識青年」背景的歌人常以「文藝青年」自居，他們大量閱讀文學作品，也為這新起的「歌壇」鋪墊了起碼的「文化教養」。

〈亞細亞的孤兒〉不惟歌詞反映了那樣的時代，音樂也值得推敲。這首歌用的是拖沓的三拍，拉長了的「華爾滋」節奏，像沉重行進的行伍。它並未沿用搖滾樂習見的爵士鼓，而是流行歌少見的「軍用大小鼓」——這位鼓手是徐崇憲，他不是職業樂手，而是這張專輯的錄音師。

徐崇憲是「麗風錄音室」老闆，也是資深錄音師。從劉文正、鳳飛飛到「校園民歌」，他參與了台灣流行音樂大半部翻騰激變的歷史——再過幾年，他將會為一位唱歌走音的奇怪歌手錄製並投資首張專輯，其人名喚陳昇。徐崇憲建議〈亞細亞的孤兒〉撤掉爵士鼓改打軍鼓，羅大佑自己打不來，徐崇憲當仁不讓，親自示範，從此名留青史。

羅大佑素來是英美搖滾的重度樂迷，學生時代便組了搖滾樂團在飯店駐唱掙零用錢，唱的當然都是西洋搖滾曲。此外，羅大佑還從班上日籍同學那兒認識了東洋的搖滾與民謠樂手：吉田拓郎、井上陽水、山下達郎、岡林信康……。他向父親借錢籌錄第一張專輯《之乎者也》，台灣錄不出他要的音場，只有託同學把部分作品帶到日本做編曲。早期羅大佑專輯音場之所以如此透亮、飽滿，便是這結合了東西洋影響的「混血」成果。

〈亞細亞的孤兒〉在軍鼓轟然擊響的同時，揚起了兒童合唱團的歌聲，那是當年經常主唱電視卡通主題曲的「松江兒童合唱團」。孩子們清澈的歌喉唱著：

多少人在追尋那解不開的問題
多少人在深夜裡無奈地歎息
多少人的眼淚在無言中抹去
親愛的母親這是甚麼道理

兒童合唱團置入搖滾曲，製作「高反差」的震撼，最著名的例子可能是英國樂隊平克弗洛伊一九七九年《牆》專輯的暢銷曲〈又一塊砌牆磚，第二部〉，羅大佑或許從中得到了靈感。然而，〈亞細亞的孤兒〉在曲勢上得之於西方先驅處尚不只於此。它三拍的節奏、木吉他刷弦的開場、軍樂隊的行進、大合唱的設計，在在神似一九七七年保羅麥卡尼名曲〈琴泰岬〉（Mull of Kintyre），但旋律畢竟各有千秋：麥卡尼開朗壯闊，羅大佑沉鬱悲涼。麥卡尼為這首頌讚蘇格蘭風光的歌謠安排了風笛隊吹奏，成為這首歌的招牌音色。到了羅大佑這兒，風笛換成了我們熟悉卻又陌生的一樣樂器：嗩吶。

嗩吶，在〈亞細亞的孤兒〉這首歌裡作為唯一的獨奏樂器，取代了搖滾樂常見的電吉他、鋼琴、薩克斯風。當然，它並不是結合民樂與搖滾的最早嘗試，早在一九八一年，李壽全和陳揚就在「天水樂集」做過類似的實驗。但當年民樂器的演奏，大致仍是以民樂的方式「原味」呈現。〈亞細亞的孤兒〉的嗩吶，則第一次讓我們聽到了真正吹出「搖滾線條」的民樂器。那位嗩吶手是蕭東山，〈現象七十二變〉的薩克斯風獨奏也是他，實況專輯《青春舞曲》之中，他是挑大樑的樂手。

三年後，一九八六年五月，崔健在北京工體「讓世界充滿愛」百名歌星演唱會現場首度演唱〈一無所有〉。唱到激昂處，劉元抄起嗩吶，對著鏡頭狠狠吹了一段破空而出的獨奏。一九八九年崔健專輯《新長征路上的搖滾》問世，我們彷彿聽到了〈亞細亞的孤兒〉自彼岸傳來的回聲。一九九九年，幾位客家青年組成社運意識強烈的「交工樂隊」，以「嗩吶手」作為主奏，我們都知道這隔代的致意由何而來。

重聽〈亞細亞的孤兒〉，我們知道：創作人在全新的時代，驟臨無窮的機會與風險，他們幾乎沒有前例可循，仍企圖以「大眾娛樂」為載體，「偷渡」理念，實現理想。禁忌鬆動，民智漸開，大家對任何新鮮的文化產品都充滿好奇，近乎飢渴，我們還來不及體會後來「資訊過剩」引致的飽脹、厭煩與虛無。「流行歌曲」作為「創作門類」的潛能獲得社會共識，「唱片人」亦得以擁有「文化人」的自尊與氣魄。對躍躍欲試的創作者，那是最好的時代。這樣的作品一旦多起來，台灣流行音樂遂能挾其跨界混搭之雜色，以庶民文化「火車頭」的姿態向整個漢語文化圈輻射，終於成為這片島嶼有史以來影響最深最鉅的「文化輸出」。

一九八七年台灣解嚴，禁忌不再，〈亞細亞的孤兒〉那行「致中南半島難民」的副標，也在後來的版本拿下了。但故事並未結束——二〇〇三年，羅大佑全套作品首度在中國大陸發行正版，〈亞細亞的孤兒〉卻從唱片和歌詞內頁消失，只剩一行標題。整整二十年前觸動國民黨神經的「白色的恐懼」顯然不是問題，這次惹禍的，恐怕是「紅色的污泥」——二十年，一首歌，兩句詞，多少曲折。

二〇一〇

當未來的世界充滿了一些陌生的旋律

當未來的世界充滿了一些陌生的旋律
你或許會想起現在這首古老的歌曲

二〇一一年十二月三日，羅大佑在小巨蛋舞台上奮力唱出這首他二十九歲寫的歌。當年那幀唱片封面，一身黑的羅大佑孤傲地站在夜色之中，幾乎與背景的暗夜融為一體。你再怎樣逼視他的臉，都永遠望不穿那副墨鏡後面的眼神——彼時他不分晝夜永遠戴一副墨鏡，得再過好幾年，我們纔等到他摘下墨鏡，露出灼灼的雙眼。我們覺得他酷斃了，羅大佑後來卻告訴我：戴墨鏡是因為他怕羞，不習慣和眾人目光交接。

一九八三，那確實是一個已然十分遙遠的時代：麥當勞還沒登陸台灣，李登輝還沒被蔣經國提拔成副總統，「江南案」、「十信案」、「一清專案」都還沒發生，美麗島事件剛過三年，民進黨則還有三年纔要成立。唱片行猶擺著一排排的黑膠唱片，我們都還不知道卡拉ＯＫ是甚麼東西。這片島嶼剛剛歷經七〇年代的一連串顛簸，正搖搖晃晃迎向一波波更為激烈的大浪。許多人殷切等待足以描述、解釋這一切的全新語言，於是一首歌也可以是啟蒙的神諭，一張唱片也可以是一樁文化事件。一個音樂人不但可以是藝術家，更可以是革命家、思想家。

羅大佑自己未必樂意被貼上那麼多的標籤，他曾對我說他希望自己墓碑上的頭銜是「作曲家」。論思想，羅大佑從來不是一個激進者，他更從未打算當甚麼革命家。當年國民黨查禁他許多歌，「黨外」又嫌他不夠激進。大佑回顧舊事，只淡淡地說：歌從來都不是反革命的武器，槍砲纔是。

小巨蛋的舞台上，五十七歲的羅大佑唱了三個多小時、三十幾首歌，直到最後一秒都元氣飽滿，而且堅持不用「提詞機」——他對我說：人在舞台上，得把「安全網」撤掉，把自己拋進那帶著幾分危險的狀態，纔能保持警醒。這話說得份量不輕：我們都知道，大佑奇崛曲折、意象綿密的歌詞，恐怕是中文流行樂史上最難熟背的一批文本。他的確唱錯了幾處，然而誰忍心苛責呢？對一個願意拆去安全網的走索者，我們都不該吝惜掌聲與敬畏。

一九八四年，我是見證歷史的幸運者：八三、八四年的除夕夜，羅大佑連續兩年在南京東路中華體育館辦跨年演出，成為台灣第一個辦搖滾演唱會的歌手。那枚淡青色美術紙精印的票根就像聖地朝拜迎回的靈符，被我妥帖收藏至今，那年我十三歲。我記得一身黑的大佑踩著那雙白燦燦的愛迪達球鞋，記得他一曲唱罷順手把鈴鼓遠遠拋向觀眾席，引爆滿場歡呼，記得全場大合唱〈未來的主人翁〉，那時這首歌還不滿兩歲，上萬觀眾跟著他合唱「飄來飄去／就這麼飄來飄去」，一遍又一遍，一遍又一遍。

那兩場演唱會後來輯錄成實況專輯《青春舞曲》，當年銷售不佳，也不怎麼受史家青睞，卻是我大學時代反覆聆聽的究極愛碟。我曾在隨身的筆記扉頁抄錄其中的警句：

有人因為失去了生命而得到了不滅的永恆
有人為了生存而出賣了他們可貴的靈魂
心中深處的天平上，你的欲望與真理在鬥爭
曾經一度自許聰明的你，是個迷惑的人

——這是〈盲聾〉，大佑在舞台上把它改編成壯烈無匹的重搖滾。短短幾行，鑲滿深奧沉重的名詞，如今還有誰敢把生命、永恆、靈魂、欲望與真理寫進同一段歌詞呢？大佑迷惑的剖白，卻在我腦中推開了一扇門，門外世界七彩紛陳，二元對立的簡單信念已不足以支應。就像〈我所不能瞭解的事〉唱的：

一陣一陣地飄來是秋天惱人的雨
刷掉多少我青春時期抱緊的真理
如果沒有繽紛的色彩只有分明的黑白
這樣的事情它應該不應該？
拿一枝鉛筆，畫一個真理
那是個甚麼樣的字？
那是我所不能瞭解的事

我的青春期，正是「後解嚴」的狂亂時代。大佑這段歌詞，曾比任何勵志格言都更準確地照亮我年少的凌亂與困惑。大佑歌裡常有「青春」兩字，多半是過去式，唱的幾乎都是一腳踏進「大人世界」的不甘心。然而，無論面對的是「大我」破碎的國族歷史抑或「小我」掙扎的苦痛情傷，大佑從來不肯墮入虛無。他太固執、太倔強，寧可遍體鱗傷，也不願別過臉、轉過身，假裝一切不曾發生。

那個充滿「啟蒙焦慮」的時代確實是過去了，而我始終不大確定這究竟算不算一件好事。前不久在一間國立大學的課堂，一位同學很誠懇地說：「我覺得我們這一代人過得太爽、太舒服，都沒有可以反叛的東西了。」那天在小巨蛋聽著大佑一句句唱出這段歌詞，那個大男孩懇切的面孔又浮現腦海：

每一個今天來到世界的嬰孩
張大了眼睛摸索著一個真心的關懷
每一個來到世界的生命在期待
因為我們改變的世界將是他們的未來

假如再見到那個男孩，我真想跟他鄭重說聲對不起。我想讓他知道：這種種不堪，我們這輩人其實也有份。我真想讓那個孩子聽一聽這個老歌手在他出生前好幾年就寫下的歌詞，在這已然充滿了陌生旋律的世界。

我想跟他說：曾經有一個黑衣墨鏡的青年，他既不算思想家也不是革命家，然而他確實以警句和寓言描述了那個我們當時還無力描述的世界，也一併預言了我們不忍逼視的未來。

二〇一一

青春不再，琴音猶存

二〇一三年九月二十八日，李宗盛在小巨蛋辦「既然青春留不住」演唱會。一萬兩千觀眾和他一起又笑又哭，像是花三個鐘頭重新把大半輩子活過一遍。

三年前的一月底，「縱貫線」巡演最終站回到台北，李宗盛說要唱一首「前面五十幾場都省著沒唱、憋到回家了纔來唱」的新作，那時還沒取歌名，他索性拿電腦裡放demo的檔案夾名稱當標題：給自己的歌。

那天我也在座，有幸見證〈給自己的歌〉首度問世的盛況：全場觀眾跟著一段段歌詞爆出一波波掌聲與歡呼，在場每個人都知道自己正目睹曠世經典的誕生。次年金曲獎，〈給自己的歌〉拿下年度最佳作詞、最佳作曲、年度歌曲三項大獎。李宗盛入行三十幾年，樂壇歷經幾世幾劫，老將一出手，仍然讓後輩敬畏。

演唱會的安可曲，是〈給自己的歌〉問世三年之後又一首新作，兩個多月前剛剛在網路發表。他說：「這首歌是我在北京家裡寫的。在北京的十年，對我來講是很深刻的。我一直想把那段時間所發生的事、心裡的感動跟挫敗，把它寫出來……」他撥了撥吉他，輕歎一口氣：「不大敢唱。」然後緩緩開口：

說不定我一生涓滴意念，僥倖匯成河
然後我倆各自一端，望著大河彎彎
終於敢放膽，嘻皮笑臉面對人生的難

也許我們從未成熟，還沒能曉得，就快要老了
儘管心裡活著的，還是那個年輕人
因為不安而頻頻回首，無知地索求，羞恥於求救
不知疲倦地翻越每一個山丘

越過山丘，雖然已白了頭
喋喋不休，時不我予的哀愁

還未如願見著不朽，就把自己先搞丟
越過山丘，才發現無人等候
喋喋不休，再也喚不回溫柔
為何記不得上一次是誰給的擁抱，在甚麼時候？

唱到「時不我予的哀愁」，李宗盛一度哽咽，多少觀眾也跟著落淚、鼓掌，為他，也為自己。這首〈山丘〉爐火純青，真摯深沉，甚至超越了〈給自己的歌〉那難以逼視的極高標——是啊，放眼望去，李宗盛的對手也只有李宗盛了。〈山丘〉旋律是老早就想好的，歌詞卻足足醞釀了十年纔定稿。距他一九八三年發表生平第一首創作曲——和鄭怡合唱的〈結束〉，倏忽三十載矣。那時「小李」二十五歲，勤勤懇懇，不放過每一個工作機會，只希望能獲得同行肯定，總有一天靠音樂養活自己，不用再回北投幫老爸送瓦斯。

如今「大哥」五十五歲，經手創作、製作的唱片，正版加盜版總銷量絕對超過一億張。且看〈你像個孩子〉多少人抄在分手信裡的名句「相愛是容易的／相處是困難的／決定是容易的／可是等待是困難的」，到〈夢醒時分〉那定義一代愛情觀的「有些事你永遠不必問／有些人你永遠不必等」，不誇張地說，李宗盛的歌構成了不只一代人「愛情修辭學」的基礎。然而當這位「女性愛情代言人」被問及創作心法，他是這麼說的：

其實從我的紀錄，你就可以知道我非常不瞭解女性，我只是在背後理性地分析之後，在歌裡感性地抒發給人家。我寫歌不是靠靈感，靈感一無是處，就跟愛情一樣沒有用……你也可以說，我歌裡寫的都是我人生無法完成的、欠缺的愛情的美。

唉，是的，藝術家往往犧牲自己，成全作品。假如你不幸選擇了流行音樂這一行，誰管你嘔心瀝血才華蓋世，你痛切曲折的人生故事，照樣是千萬看客拿來當配飯小菜，調侃塞牙縫的餘興節目。〈十二樓〉就寫過的嘛：「影劇版依然沸沸揚揚／像極了槍聲大作的靶場」。

二〇〇三年，李宗盛赴北京定居前夕，我曾去他在台北的基地「敬業錄音室」拜訪。那時他已經決心投身手工製琴事業，「李吉他」的作坊剛在北京設廠，工作室桌上攤著好幾本國外名廠的吉他維修手冊。李宗盛縱論歌壇大勢，說起他對台灣大環境的失望、對中國音樂市場未來的想像，眉飛色舞，手舞足蹈。

他斬釘截鐵預言：接下來中文樂壇重心必然轉向大陸，他雙眼發亮地說：「未來的女神從北方來」。

二〇一〇年底，我在廣播邀訪李宗盛，忍不住重提舊事：七、八年過去了，女神果真來了嗎？他沉吟再三，承認當時是過度樂觀了。他體會到流行音樂蓬勃發展的土壤，首先還是得有自由的環境。兩岸文化差異的巨大鴻溝，遠比當初想像的更難跨越。他甚至說：現在他認為台灣獨立音樂呈現的風貌，纔是整個華語流行音樂的希望。

李宗盛不是說說而已。這幾年，他不只大力支持獨立音樂人聚集的「簡單生活節」、連續兩屆擔任大會主席，還在電台持續錄製了一整年推介兩岸新銳獨立作品的節目。二〇一二年他更在政大傳播學院開課，專講「A&R」（Artist and Repertoire，藝人與作品經紀），希望把多年做唱片的心法「衣缽」傾囊相授給有心入行的年輕人。他說：這個行業大家只看到明星，然而明星後面的那些人，往往纔是真正的菁英、真正的天才。

小巨蛋演唱會的最後一首安可曲是〈給自己的歌〉——有多少他這輩的歌手，敢拿一首這麼新的歌當壓軸曲呢？唱罷，李宗盛鞠躬退場。樂手留在台上繼續演奏，一個接一個收起樂器，魚貫離場，投影幕逐一給他們特寫、打上名字。音樂漸漸「瘦」下去，直到末了，舞台中央只剩下鍵盤手兼音樂總監Mac Chew。他彈了最後一個和弦，鞠躬下台。琴聲迴盪，全場燈暗，只剩一束光，照著舞台上三把李宗盛手作的木吉他。

驀地，我想起他在「李吉他」作坊草創之初寫下的那幾句話：

這世界是如此喧嘩，讓沉默的人顯得有點傻
這些人是不能小看的啊，如果你給他一把吉他

二〇一三

李泰祥二三事

李泰祥的作品數量太多，幅員太廣，橫跨古典樂、現代樂、實驗電子、流行歌曲、電影配樂、劇場配樂……，於是嚴肅音樂圈的同行認為他「不務正業」，流行音樂圈的同行認為他「曲高和寡」。我其實很好奇李泰祥自己念茲在茲的代表作會是甚麼？是他窮數十年之力、至死未能完成的清唱劇《大神祭》，和那許多因為編制過大，始終沒有搬上舞台，曲譜塵封至今的長篇巨製？還是傳唱最廣的〈橄欖樹〉、〈一條日光大道〉？

李泰祥很早就擺脫了「嚴肅音樂」、「通俗音樂」的門戶之見，他曾說：「好的音樂，是親和而不媚俗，應該喚起人類對『美』的崇高情操，並且積極地展開生命。」這番話若放在別人口裡，不免顯得陳義過高。但李泰祥說來，你我都覺得在情在理——他確實是窮畢生之力在貫徹這樣的理想。

李泰祥能以通俗手段炮製「雅樂」，把現代詩熔鑄成歌，也不憚深入荒漠，創作孤高冷僻的實驗音樂。一九七〇年代，他曾一邊做知音寥寥的前衛音樂，一邊做最最「世俗」的電視廣告配樂和流行歌曲。他的前衛音樂實驗衝得比亞洲同行都遠，他的流行歌曲則兼有民樂的線條、古典的靈魂和搖滾的能量，直到現在，仍是台灣流行樂史作曲、編曲、製作各方面足堪仰望的高標。那些歌總有著天外飛來的奇崛旋律，總是極難駕馭，無怪乎能唱好李泰祥的歌者，個個都是樂史將才。然而最神奇的是，它們又是那樣易於入耳：聽李泰祥寫的歌，你不需要任何知識準備，只要願意張開耳朵，誰都能在遇見那些歌的瞬間，便知道那是天地至美。

我曾看過一本節目單，那是一九七七年李泰祥和實驗音樂組合「新樂小集」在台北實踐堂的公演。封面那幀黑白照，四位樂手莊重而夷然地坐在草地上，各自專注擺弄自己的樂器：李泰祥拉小提琴，兩位女樂手彈揚琴、古箏，金髮男子抱著西塔琴，敲著手鼓，後方吊著一面鑼。他們的表情、髮式、衣服、樂器，乃至於屁股底下那片草地，在在透著孤絕的「七〇年代先鋒感」。根據節目單記載，那天的演出上半場編制包括「錄音帶＋現場演奏」、「木琴獨奏」、「錄音

一九七七年二月「新樂小集」演奏會節目單，左二起李泰祥、志田笙子、藍德（Michael Ranta）。

帶＋影片＋現場演奏」，接著中場休息，下半場完全即興演出，編制是「幻燈＋影片＋錄音帶＋變音器＋現場演奏」，那是一場早在一九七〇年代便提前搬演的多媒體聲光實驗。

我曾在當年台灣《滾石雜誌》（即「滾石唱片」的前身）翻到李泰祥前衛演出的實況報導。記者寫道：那「音樂」並沒有易於辨認的旋律，樂手在主奏樂器之外，還敲打五金工具之類物事，觀眾為之瞠目。中場休息之後，原本就沒坐滿的觀眾席又走掉不少人，剩下一排排空蕩蕩的座位。

然而就在「新樂小集」演出同一年，李泰祥在新格唱片出版了他編曲、指揮的《鄉土．民謠》演奏專輯，改編耳熟能詳的民間歌謠，極受歡迎，創下全台近二十萬張的銷售成績。一九七八年，李泰祥在「金韻獎」比賽聽到一個台大人類系女孩的歌聲，驚為天人。一九七九年，這位叫齊豫的女孩錄下了李泰祥作曲、編曲、指揮的〈橄欖樹〉、〈歡顏〉、〈走在雨中〉、〈答案〉，從此改寫台灣流行音樂史。

李泰祥就是有這樣的本領，雙腳踏在市場光譜冷與熱的極端，而都交出令人咋舌的成績單。

我和李泰祥並不熟，在人堆裡見過幾次面，但絕對談不上私交。唯一一次有機會和他說了比較多的話，是在二〇〇五年一次慶功宴會場。那天晚上，「永遠的未央歌」演唱會在台北國父紀念館舉行，紀念「校園民歌」風潮三十週年。女歌手萬芳遙遙對著觀眾席的李泰祥，傾其所有，唱出了他所創作的名曲〈走在雨中〉足以傳世的版本。曲罷，李泰祥起立鼓掌，眼中有淚。

那晚在台北「主婦之店」辦慶功宴，巨星雲集，店裡歌手駐唱的小舞台很快被還沒唱過癮的民歌手霸佔，當天在場的客人都不敢相信自己的運氣。那個時代，哪個歌手不欠李老師一份情？大家簡直是排著隊到他桌前致意。那時李泰祥罹帕金森氏症已經十幾年，行動愈來愈不靈便。聚會中途，他要起身去洗手間，旁人急著攙，他眨著眼睛不讓扶，一個人瘦瘦的、危顫顫站在那兒。歌手許景淳急忙說：把桌椅拿開，讓個走道出來！眾人七手八腳挪開了路障，李泰祥眯上眼，像跳遠選手那樣靜靜凝望「跑道」彼端，然後覷準時機，大跨步一跳、二跳、三跳、四跳，漂亮抵達目的地。

眾人大力鼓掌，像是目睹了奧運紀錄。李泰祥露出頑皮的微笑，頷首答禮。我想起詩人杜十三的形容：帕金森氏症對李泰祥來說，就像長了顆青春痘。

夜很深了，李泰祥見台上眾人唱得興起，也晃晃悠悠走上舞台，領著大家唱起〈一條日光大道〉。這些年只要有機會上台，拿著麥克風，他總會領唱這首歌。直到最後，他已無法言語，仍會揚手指揮來訪的學生、故舊一起高唱：

拋下未乾的被褥，睡芳香的稻草床
陽光為我們烤金色的餅
啊，河童你要到哪裡去？現在已經天晴
陽光灑遍你的全身，我只要在大道上奔走
啊，上路吧，雨季過去了
啊，上路吧！

想到李泰祥的形象，腦海首先出現那雙老是瞪得大大的眼睛，永遠閃著孩子似的好奇的光。即使在生命盡頭，記者拍下枯槁臥床的李泰祥，那雙眼睛依舊澄澈明亮。他的耳朵也是極厲害的，那幀照片裡，大師的耳輪依舊豐滿美麗——那雙耳朵樣子真好，確實是一對配得上偉大音樂家的體面的兵器。

李泰祥久病纏身，晚年生活幾乎可以用「潦倒」形容。在台北的住處一搬再搬，離市中心愈來愈遠，房子愈住愈寒磣，唯獨客廳中央永遠擺著一對多年前巨資購置的Thiel牌落地式揚聲器。當年霸氣逼人的銘器，如今也舊了、殘了，像落難的貴族，一身襤褸，仍要努力擺出體面的表情。

二〇一三年冬，李泰祥病重入院，已是甲狀腺癌末期。弟弟泰銘說：連醫生看了掃描片，都驚歎他竟然以幾乎不可能的條件頑強存活。當一切醫療手段都已窮盡，家人安排他住進安寧病房，希望他能少吃點苦。最後那段時間，喉頭腫瘤使他無法插管也無法進食，每天的抽痰形同酷刑。李泰祥口不能言，身體失去行動能力，只能眨眼、蹬腿，但他神智始終清明，耳朵始終敏銳。病房稍有雜音，他就無法入睡。然而家人只要放他摯愛的馬勒作品，焦躁的李泰祥就會平靜下來。

後來，李泰祥移住單人房，晚上總算得以安眠。照顧他的泰銘遇到新的難題：大哥需要很多很多音樂。他除了照料李泰祥的生理狀況，還得兼任ＤＪ，上山下海找音樂放給他聽。而能讓大哥入耳的音樂，不是隨隨便便找得來的。泰銘自己也是音樂人，竟亦不免疲於奔命了。

十一月底，我接到泰銘電話。他說：他當大哥的ＤＪ已經腸枯思竭，非常需要支援，問我能不能錄些簡單的話、找些合適的音樂給李老師聽。我們正愁沒有機會回報李老師呢，當然義不容辭。於是連夜聯繫了幾位做音樂、做廣播的朋友和長輩，大家各自錄一輯專為這位特殊聽眾製作的「迷你節目」。

我並不知道其他人錄了甚麼，這件事有點像是我們各自講悄悄話給李老師聽。我挑給他的曲子，是法國爵士鋼琴家米榭派卓契亞尼（Michel Petrucciani）的〈一百顆心〉（100 Hearts）。這位英年早逝的鋼琴家是罹患侏儒症的「玻璃娃娃」，一身病痛卻沒有壓抑他噴發的才情。纔二十歲，他就錄下了這首美麗不可方物的獨奏曲。彈到後面，鋼琴家竟和著琴音吹起口哨，哨音跟著琴音一起飄飛，愈飛愈高，愈飛愈遠……。

我把這段背景故事錄在樂曲之前，寄給了泰銘。後來他告訴我：他放這段錄音的時候，哥哥聚精會神地聽，乾澀的雙眼漸漸濕潤起來。

李泰祥二〇〇一年的專輯《自彼次遇到你》，將新創曲與經典舊作以室內樂方式重編演唱，算是一次畢生歌曲創作的總回顧。當時主流唱片公司興趣缺缺，只有獨立廠牌「金革唱片」願意攬下這企劃，製作費也很拮据，勉強支應錄音成本。然而李泰祥做這張專輯，竟然花了整整十三個月。光是標題曲一首歌就耗掉四個月，無數次修改重錄，每天工作長達十五小時，把擔任錄音師的弟弟泰銘都快逼瘋了。他形容哥哥「像惡魔般要求他想要的」，逼得他發誓再也不和哥哥合作。但李泰祥又會回過頭安慰弟弟：我們好好做，這張一定可以分到不少版稅。泰銘聞言，只有苦笑。

事後證明他確實不該過度樂觀，《自彼次遇到你》只賣了寥寥四千張。

然而，那是一張何等美麗的專輯啊！二〇〇二年，香港歌手黃耀明和張國榮合作了一首歌〈這麼遠、那麼近〉，歌中張國榮即興念了許多口白，和黃耀明的唱詞前後呼應。當黃耀明唱道：「喜歡的歌，差不多吧？」張國榮應了一句：「李泰祥嘅新唱片，你買咗未？」那「新唱片」，便是《自彼次遇到你》。

資深錄音師徐崇憲和大師合作多年，他曾聽李泰祥自謂：「除了音樂，我的人生並無可取。」我想，他這番話並不是客氣，而是帶了幾分苦澀的自嘲。

李泰銘透露：有一天晚上，哥哥來電要他到家裡會面，口氣沮喪。泰銘推開門，家裡一片黑，只點著蠟燭，估計是沒繳電費，被斷電了。哥哥雙眼泛紅地說：「我們怎麼這麼笨，做不出市場要的東西？怎麼這麼不爭氣？」

李泰祥半生顛沛，一輩子沒有過上幾天舒服日子，名下從來不曾置產。許多人不明就裡，以為他光靠〈橄欖樹〉、〈歡顏〉、〈不要告別〉、〈你是我所有的回憶〉這些名曲的版稅就吃喝不盡，殊不知早年那些歌，幾乎都是一首兩三千塊台幣賣斷給唱片公司。之後專輯賣得再好、翻唱的歌星再多，原創者也分不到半毛錢。

泰銘說：後來哥哥也曾和唱片公司談好版稅分紅條件，但他求好心切，做音樂總是一磨再磨——唱片公司給他一百二十萬台幣，他卻花了一百五十萬。李泰祥為了追求完美，完全失控，不理會預算，最後經費嚴重超支，結算下來反而欠唱片公司一筆錢，只好拿版稅抵債。甚至有的案子，直到現在還在用版稅抵扣超支的負債。

所以，別跟我說台灣樂壇多麼輝煌、多麼神氣。你看這麼多年了，台灣連一個李泰祥也供不起。

一九七〇年代，李泰祥為了餬口，曾創作好幾百首電視廣告歌，其中最著名的莫過於一九七四年他親自創作、演唱的「野狼一二五」摩托車廣告。這支廣告播映多年，傳唱極廣，讓「野狼一二五」成為台灣摩托車的傳奇品牌。然而當年錄這首廣告歌，李泰祥還是賠了錢：他找了一位男歌星來唱，但因為李泰祥連三十秒的廣告歌旋律都寫得奇峰險崛，那位歌星一遍遍唱到喉嚨都啞了，還是不行。眼看錄音室費用已經嚴重超支，李泰祥只好親自進錄音室唱，只花十五分鐘，就完成了這首台灣廣告史最著名的主題曲。

「野狼一二五」也是李泰祥習樂的女兒李若菱最喜歡的父親作品——李泰祥

辭世前一日，若菱還在父親床前唱這首歌給他聽。幾句短短的歌詞，確實是李泰祥個性的寫照：

我從山林來，越過綠野
跨過溝溪向前行
野狼，野狼野狼
豪邁奔放，不怕路艱險
任我遨遊，史帝田鐵
三陽野狼一二五！

這位祖上來自台灣東海岸山林之中的阿美族原住民，畢生跨越多少溝溪、行過多少艱險，憑的不就是那一股「豪邁奔放」的熱情，和「任我遨遊」的壯志？

李泰祥辭世次日，若菱在她的臉書（facebook）留言版寫下這麼一段話：

我們家的老人家已經先騎他的野狼一二五去豪邁奔放，不怕路艱險，任我遨遊，史帝田鐵去啦！

是啊，大師終於不用再受病苦折磨，得以自在遨遊了。您放心走，接下來的事，就是留在這頭的我們的功課了。

二〇一四

註：李泰祥於二〇一四年一月二日逝世，享年七十二歲。

阿仁，你轉回頭

你醒著嗎？看看你床前一雙雙望穿的眼眶
你說說話，我不能眼睜睜地讓你離開
你轉回頭，這條路不該你走
你轉回頭，我替你跟他們說

一九九三年，劉偉仁為喪父的蘇芮寫下這首〈你走了嗎〉，百轉千迴，痛切深摯，實在不能多聽。而這首歌，自然也讓我們想到一九九〇年肝癌離世的薛岳，他是劉偉仁的拜把兄弟，死時纔三十五歲。

寫下這篇文章的時候，劉偉仁——我們叫他「阿仁」（仁字是台語發音的zin），正躺在醫院和肝癌奮戰。是的，就和當年的薛岳一樣。如今，竟輪到我們點這首歌給他聽了。

薛岳大阿仁八歲。那年他自知來日無多，決心抓緊時間做完最後一張專輯，辦一場轟轟烈烈的演唱會。阿仁的任務，是在那張叫做《生老病死》的專輯裡，為他的死寫一齣主題曲。

當時阿仁二十七歲，卻已經在鬼門關前晃悠了好幾回：一九八九年，他終於開始錄製個人專輯，竟然氣胸發作，數度送醫插管，歷經三次開胸手術，前胸後背都是刀疤（後來阿仁在pub賣唱，也曾舊疾復發，緊急送醫）。赴香港錄音竟然又出車禍，眼皮縫了十二針。阿仁少年時罹患罕症「角膜錐狀病變」，嚴重弱視，曾因此唱到一半摔下舞台。薛岳遺言要把角膜留給阿仁，讓他眼睛好起來，恪於技術與生理條件，這個願望終究沒能實現。

那年，一身病痛的阿仁陪著來日無多的老岳，一齊面對那洶洶掩至的黑暗，寫下了他一生最知名的歌：

如果還有明天，你想怎樣裝扮你的臉？
如果沒有明天，要怎麼說再見？

那是台灣流行樂史最最悲壯的歌，用一條半的人命換來的。薛岳或許算是幸運的，老天爺給了他勉強足夠的時間，讓他自獻為燔祭，換來一幀不朽的背影。被留下來的我們卻別無選擇，只能和這世界繼續攪和下去。

阿仁和這世界始終不大合得來，也不是沒有想過破罐破摔、一了百了。薛岳走後，他憤世自棄，酗酒嗑藥。一九九四年，他拿電吉他導線上吊，卻滑下來撞到腦袋，如是者二。他索性放飛了養在陽台的老鷹，然後從八樓一躍而下，打算一塊兒飛走。他撞到幾層雨篷，壓垮了一輛車，筋骨臟器都摔碎了，仍然沒有死成。醫生在手術台上把他一針一線縫了回來，上帝顯然不打算讓阿仁就這麼糊里糊塗地走掉。

後來阿仁信了耶穌，辦了「劉偉仁聲音藝術學校」，大家改口叫他「校長」，身邊也有了「師娘」，氣場平和很多。往日種種荒唐彷若一齣老電影，情感濃烈，畫面斑駁。

早在一九八〇年，這個十七歲的大孩子已經嚇壞了許多長他一輩的音樂人。那時阿仁是「藍天使合唱團」的頭目（當年搖滾樂團都叫「合唱團」），兼有古典教養與搖滾底氣，彈一手好貝斯，也能彈古典鋼琴、古典吉他和少見的十二弦吉他。他能為流行歌手填詞作曲，那把好嗓子唱起洛史都華（Rod Stewart）幾可亂真。後來「藍天使」跟李亞明一起錄唱片，十八歲的阿仁已能獨當一面，擔綱製作。

玩搖滾，那是個荒蕪得多的年代。少數投入的青年，在「良民」眼中恐怕不比地痞流氓高明多少。即使到了解嚴的八〇年代末，電視台仍然不許長髮男子上節目。薛岳、阿仁只得戴頂大草帽，把長髮塞進藏起。看他們戴著大帽子，被主持人貧嘴糟踐，按捺性子玩遊戲，只為爭取幾分鐘唱首自己的歌，實在令人不忍。

阿仁忍著氣胸病苦完成的專輯《其實我真的想》一波三折，總算在一九九〇年問世。這張專輯玩出了同代搖滾唱片望塵莫及的深度與氣魄，一曲和香港樂團Blue Jeans合作的〈離身靈魂〉，藍調玩得漂亮之極，硝煙瀰漫、壯懷激烈，始終是我私心摯愛的經典：

離身靈魂，靈魂離身
它飄向哪裡全繫於你
我出賣自己沒有交換的餘地

你卻說一副身軀兩具靈魂，負擔不起

阿仁長我八歲，正巧也是薛岳和他的「歲差」。發片那年，我剛開始在「中廣青春網」當客席ＤＪ。記得「青春網」辦了一場群星戶外演唱會，我在側台目睹阿仁所向披靡，征服了底下上千尖叫的正妹。

然而阿仁的唱片公司不久就倒了，《其實我真的想》二十多年都沒有ＣＤ版本，老樂迷只好把那捲卡帶反覆聽到磁粉磨脫。那之後一兩年吧，我曾到一間冷清的pub看阿仁，他無精打采唱著英文口水歌。我趁休息時間跟他說〈離身靈魂〉的藍調滑弦吉他如何啟蒙了我，讓我立志要學彈滑弦。阿仁深深望了我一眼，然後回到台上，像巫師作法讓整間pub熊熊燃燒起來。他傾其所有，唱了一個摧肝裂膽、粉碎天地的〈離身靈魂〉贈我——那天晚上，他們是地球上最偉大的搖滾樂團。

薛岳病篤那年，聽說我在學琴，送了我一個節拍器。他說：玩音樂，穩定感比甚麼都重要（多麼寓意深長的箴言）。阿仁則陪我去金山南路「金螞蟻」挑了一把美麗的電吉他——說來慚愧，我後來並沒有能夠變成一個夠格的玩音樂的人。至於穩定感，我也很想知道阿仁最後究竟找到了沒有。

但願我還有機會和他說：阿仁，雖然你這輩子搞砸了無數事情，我們依然愛你。而且，不只因為你的歌。

二〇一一

註：此文寫成後六天，劉偉仁於二〇一一年六月二十三日凌晨辭世，時年四十八歲。

坐在那音樂上

藍調是一把椅子，不是椅子的設計，不是一把更好的椅子。它是第一把椅子。它是讓人坐的椅子，不是讓人看的。你坐在那音樂上。

——約翰藍儂

藍儂此言，不只適用於藍調。所謂民謠，亦可作如是觀——有人喜歡沙發椅，有人標榜高腳椅，有人堅持復古的條凳，有人日夜爭辯椅子的真諦，有人情願坐在地上……。以「民謠」二字招搖過市者多矣，卻只有極其少數的歌者「坐在那音樂上」。

民謠的重點，不在樂器形制，不在曲式風格。民謠的重點，是它必須直接從地裡長出來：深山野林的漿果、田裡的莊稼、公園的路樹、臭水溝裡的青苔。形容詞和副詞不是民謠，感歎詞更不是。它們都不是地裡長出來的。

林生祥坐在那音樂上。他的歌是地裡長出來的。他是一位真正的民謠歌手。

生祥一路走來的音樂演化，恐怕是近年台灣創作音樂圈意義最深遠的探索之旅。這是一條曲折蜿蜒的路徑，近可回溯到生祥學生時代的樂團「觀子音樂坑」乃至後來「交工樂隊」融民樂入搖滾的實驗，遠可追到七〇年代「民歌運動」時期開展的「尋根」意識，從而連到台灣庶民文化另一片深邃、廣袤，而我代人多感陌生的姑且可稱之為「草根音樂」的領域。然而對我來說，考察歷史脈絡猶其餘事。拿蓋房子來比喻：一張唱片若是一棟房子，那麼這蓋了又拆、拆了又蓋的「工程紀錄」，最最令我著迷。

不妨這麼理解：生祥從「觀子音樂坑」到「交工樂隊」到「瓦窯坑３」，反覆修改房屋設計，蓋出了一棟棟形貌規模各異的房子。迨《種樹》和《野生》，編曲瘦到只剩兩把木吉他，剝除裝潢、敲去板壁，只剩地基與樑柱，結構幾已無可再減。然而間架恢宏、頂天立地，一點兒都不心虛。

到了《大地書房》，他又重新開始「蓋房子」：「交工樂隊」解散後睽違近十年的月琴回來了，「瓦窯坑３」之後放棄了七年的貝斯回來了，樂隊變成了三重奏。貝斯手早川徹讓它的角色有了新的意義：早川徹和生祥長年合作的日本吉他手大竹研是多年老友，爵士樂手出身。他的貝斯不單穩住了音場「下盤」，也提供了豐沛的旋律線條，量體宏大卻不「搶戲」，這是極難得的功力。三人相互照應，讓生祥和大竹研得以更無後顧之憂地揮灑。音場更飽滿，空間更寬綽，氣場亦更從容、鬆活、舒朗。

重新拾起月琴，則恐怕是生祥十年來最重要的音樂轉捩點，它是生祥新的音樂階段的核心。

月琴在《大地書房》之前被冷落多年，是因為生祥對它「沒有新的想法」，他說他面對月琴「無法越過前方巨大的門檻」。這道門檻，恆春老歌手陳達踏過，孤獨的背影走在遠遠的前方。後生有試著跨過它的，也有試著繞過去的。生祥自覺跨不過也繞不過，索性放下，但他並沒有忘記這門擱置許久的功課。

放下月琴近十年，生祥曾跟隨日本三弦演奏家平安隆學琴，又以大竹研為師，「歸零」重上音樂課。生祥曾說：這些年四處巡演，屢與異國音樂人交手，總讓他自覺漢人的音樂傳統，律動向來單調——我們的身體，即使在歌樂的場合，也是比較拘束的。節奏與律動在我們的「文化基因」之中往往隱而不顯，必須從頭學習。

在大竹研的「音樂課」，生祥重新學吉他，從頭體會節奏與律動，暫把玩音樂十幾年的積累放下，重新認識歌樂最基本的構件。必須「先拆後建」，纔能找到身體深處音樂能量的泉源，內化成新的「本能」。一旦「營造法式」大勢底定，發展旋律、確認音色，也就水到渠成了。

生祥近年對月琴進行大改造，從二弦、三弦到六弦，乃至於融合電吉他結構的「電月琴」，與其說是要「重新發明」或「改良」這個樂器，倒不如說一切都出自實際需要：他冀求月琴的音色和線條，而必須通過改造，纔能讓這些特質無礙融入當下的音樂形態。月琴在陳達的手上，有它吐納的方式和安身立命的位置，那是它原本的世界。生祥無意於重返那個世界，而是擷取那個世界的一部分，融會這幾年對節奏、律動的體悟，重新注入「這個世界」。

對我來說，生祥新造的月琴是否完全符合傳統民樂的規範，倒未必是最重要的。重要的是它能否發揮「有機」的效能，走出不同於木吉他的道路。從《大地書房》到《我庄》，月琴漸漸成為歌樂結構的核心與動機。面對前人那道「巨大門檻」的焦慮，算是放下了——我想，生祥的月琴應該算是半繞半跨地「越過」了那道門檻。但這還只是開始而已，他仍在舞台上，在作坊裡，不斷修改、試探、學習。

生祥說他做完《種樹》，感覺「抓到成熟的尾巴」。到《野生》，則是「走向成熟」：「《種樹》可能像某種東西輸入到身體裡面，有些衝突還沒有解決掉。做《野生》，節奏上就比較自然了，比較能夠走向自由的方向。」——惟有先體會到「自由」，纔能「從容」，纔能「從心所欲，不逾矩」。《野生》不妨視為他「以減法思考」的階段性總結，接下來的新階段，能量來自月琴這部「內燃機」，一切形式、一切細節，都是月琴這股能量的外延。

這股能量延續到《我庄》，生祥終於能夠掌握「成熟」。他說，他並沒有很「用力」做這張專輯——「有人說創作一張音樂像生孩子，這張作品是我走路沒注意就生出來的。」說得何等淡然，何等實誠。然而，這樣的寫意談何容易。就像馬蒂斯、畢卡索的素描，每條信手拈來的墨線，都沉澱著半輩子的家底。《我庄》之可貴，便在這份寫意，以及它透著的一股老辣底氣。生祥終於抵達這片風景，先前是跋涉十幾年的青春。

從這些年的歌詞，我們也能讀出一條「以減法思考」的歷程。老搭檔「筆手」鍾永豐，從「交工樂隊」《我等就來唱山歌》開始合作撰寫客語歌詞，「反水庫鬥爭」時期的歌，激情與義憤是外顯的。到《菊花夜行軍》，意象紛陳，文體多變，和複雜壯盛的編曲相互輝映，密度極高。「交工」未完成的第三張專輯，原是以新創作的客語童謠為主體，或許已經顯露出「返璞歸真」、「化繁為簡」的傾向。到生祥單飛的《臨暗》，永豐的詞也和生祥的音樂編制一樣漸漸「瘦下去」，沿路回溯「詩語言」的根源。他們倆各自在曲詞的世界「尋根」，到了《野生》，歌詞化入大量四言、五言、七言的句式，向《詩經》、樂府與民間童謠致意，這是一趟「見山又是山」的返歸，也為《大地書房》鋪墊了音樂與歌詞相互「較量」的基礎。

《大地書房》是生祥多年來第一次和鍾永豐以外的詞人合作。這張專輯以前輩作家鍾理和作品為主題，作詞人鍾鐵民、鍾鐵鈞是理和先生的公子，曾貴海先生是備受尊敬的前輩詩人，生祥的壓力可想而知。當他收到首批歌詞初稿，一時不知從何下手譜曲。後來他想到一個更有效的溝通方式：以傳統山歌的七言和童謠的三言句式來引導歌詞，果然迴響熱烈，問題迎刃而解。若無之前幾張專輯的操練，《大地書房》斷不可能如此輕車熟道地越過這個關卡。

生祥和永豐的合作，從來都不是「其樂也融融」，他們總在爭執，總在磨合，無形中也大大增進了他們對「語言質地」和「詞曲咬合」的直覺。到了《我庄》，讀永豐的歌詞，彷彿看一齣侯孝賢的電影：你總能從潑墨的瀟灑之中，讀出工筆的講究。永豐以九首歌記錄了台灣農村四十年的變遷，既有記者的利眼，又有詩人的心腸。

《我庄》顧名思義，說的是農村的故事。村裡有瘋癲遊蕩，「無米煮泥沙、無床睡天下」的「仙人」，也有中年失意、南返回庄的落魄者。自小，課本裡從來讀不到常民生活和我庄的歷史，年輕人盼望苦讀可以翻身，於是愈讀愈高、愈讀愈遠，留在我庄的人，愈讀愈少——黑道漂白的地方選舉，參選的黑道質問：「本村出這麼多博士、碩士，有誰甘願留下來為大家服務？」庄頭開起了晝夜不熄燈、堪比「新政府、新故鄉」的7-ELEVEN，金光燦燦的招牌，映照著包容了失意憂鬱者和「他鄉變故鄉」新移民媳婦的菜園，和一畝畝早被除草劑毒壞了的田土……，每一則故事，每一幅場景，都是別具隻眼的史家手筆。

書寫所謂音樂文字，總想把聽覺具象化，企圖「翻譯」聆聽當下從耳輪直抵靈魂的那股激動，這樣的嘗試或許注定徒勞。比方這幾年和生祥互為師徒的大竹研的彈奏——我實在不知道該怎樣形容他那舒朗、細膩、沉著的吉他。若讓我描述腦中浮現的畫面，那是黎明時分一幅張掛在樹林裡結滿了露珠的蜘蛛網：點串成線、織成面，晨光熹微，微風拂過，千百顆晶瑩的水珠搖曳生姿，將落未落。

每粒水珠都映照著一個大世界、包容著一個小世界。

二〇一一年三月一個寒冷的春夜，我在台北西門町的「河岸留言」看生祥樂隊演出。每個樂手既是主奏也互為伴奏，每樣樂器既是節奏也是旋律，他們同時solo同時相互支援，聲線交織穿梭，在台上各據一方，每次眼神交換都是一波小小的核爆，能量不斷增幅，耳朵簡直來不及消化不斷湧上來的細節，但一波波音浪又是如此從容、如此溫暖。這樣的音樂無意於炫耀、無意於討巧、無意於煽動，它甚至無意於說服——你自然就被捲進去，被包圍，被充滿。你自然就變成這音樂的一部分，你甚至不知道自己正在流淚。

我沒有辦法形容當〈南方〉唱到「雷公像小孩蹦跳／中午一過就抨天頂／弄得大人心頭亂扯扯／亂扯扯亂扯扯」，大竹研的吉他隨生祥的吟詠擦刮出幾聲雷響，那聲音如何咬在我的心口。我沒有辦法形容重新編曲的〈風神一二五〉，早川徹的貝斯怎樣像颶風橫掃一切，把這首已經夠偉大的歌變得更偉大。就像我沒有辦法形容白雲籠罩著的大武山的顏色，你只能親自站到它的前面，用你自己的眼睛去看。

當時我以為，生祥樂隊要超越這個三重奏的境界是不容易的。然而，好戲還在後頭。

二〇一一年七月，生祥邀請打擊樂手吳政君加入，在日本富士搖滾祭首度以四人樂團的陣容公開演出。在此之前，生祥曾說：他並不是刻意排除打擊樂，但實在沒有合適人選——以他們玩音樂的高度，匹配得上的打擊樂手確實難找。幾經尋覓，生祥認識了吳政君，一拍即合：他是「台灣鼓王」黃瑞豐弟子，也是「絲竹空」爵士樂團台柱，還精通胡琴、長笛，兼能作曲。就這樣，生祥樂隊完成了「最後一塊拼圖」。歷經一年磨合，全新編制的生祥樂隊錄完新專輯《我庄》。

《我庄》錄音太好，可以當音響測試的「發燒片」。然而它並不是流行音樂慣於吹噓的那種大排場、大製作。生祥早已不再依賴流行樂圈的慣行工法（樂器先分軌分次錄音，再配唱，最後進電腦精修細改），正相反，《我庄》奉行「野戰錄音室」概念——他們借政大視聽館當錄音室，短短三天半錄完八首歌。所有樂手一塊演奏、同步錄音，一人出錯，全部要重來。德籍錄音師Wolfgang Obrecht是生祥的老搭檔，他巧手捕捉了那澎湃、潮潤、透亮的音場（他也是非常厲害的樂手，你可以在〈讀書〉聽到他熠熠生光的手風琴和口風琴）。

當初聽生祥說新專輯會加入打擊樂器、大竹研改彈電吉他，我的第一個念頭是：生祥要回頭玩搖滾樂了！直到聽完《我庄》，乃知我等習慣的「搖滾」概念，反倒看小了他。這「打擊樂器」並非搖滾樂團習見的爵士鼓，而是混合了民樂鑼鼓和手鼓的編制。它既能和早川徹的貝斯合流，共構音樂根柢的「節奏組」，也能「遍地開花」，時不時冒出來和眾樂器應答，成為「主奏」。大竹研則在《我庄》初次讓我們見識他俐落大氣的電吉他，大匠不工，鋒芒盡藏，和生祥獨門兵器「六弦月琴」飽滿的刷奏裡應外合——這樣的音樂，血肉來自草根的民謠，骨架是靈動的爵士樂，表情卻透出搖滾的張狂。它始終舒展、鬆活，然而細細聽進去，耳朵竟常常忙不過來。

還有，不能不提生祥的演唱：這是他唱得最「野」的一張唱片。生祥終於能放肆地「撒開來」唱，而仍神完氣足。在〈秀貞的菜園〉我聽到了二戰前老藍調歌手那行走江湖渾然天成的「氣口」，在〈7-ELEVEN〉我聽到了愛爾蘭歌手凡莫里生（Van Morrison）汪洋恣肆的魂魄，這都是原本以為我輩人身上早已絕滅的氣質啊。聽聽〈草〉那拉長的吼喊和驟雨一樣的月琴，恆春老人陳達天上有知，也會頷首嘉許吧。

《我庄》不惟是林生祥無愧於「成熟」二字的傑作，也把這片島嶼上玩民謠、搞搖滾的同代人，遠遠甩到了後面。

林生祥做到了什麼？我認為：這個美濃客家庄的孩子，已經做出了拿到全世界都足以讓台灣人抬頭挺胸的音樂。以他四十出頭的歲數，保守估計，大概還可以在舞台上唱三十到四十年。我們應當好好把握這三、四十年——你我這輩人親歷的見證，注定將令沒趕上的後人追想、緬懷，並且妒嫉不已。

二〇一四改寫

倔強執拗的張懸

二〇一三年八月，我去拜訪張懸的恩師，資深音樂人李壽全先生——六年前是他讓張懸終於克服萬難，發片出道。自此，李壽全成為張懸的精神導師，陪著她一步步摸索出自成一路的音樂風格。那天正事談完，李壽全拿出iPod，一曲曲播放張懸剛剛完成的新專輯《神的遊戲》，一邊解說每首歌背後種種曲折。認識李壽全這麼多年，他總是神情安穩、喜怒不輕易上臉，然而那個下午，我感受到他掩不住的驕傲。

最讓我驚訝的，是他透露的一筆數字：當時專輯還沒上市，光在預購階段，累積訂單已經超過一萬兩千張（上市之後，銷量很快衝到了兩萬）。這個數目，當然沒法和二十年前動輒幾十萬甚至上百萬張的天王天后相比，然而以如今的市道，流行專輯能賣到一萬張，就算非常暢銷了。況且《神的遊戲》絕對不是市場標準「朗朗上口、好K好聽」的那種流行音樂。以一位三年沒發片的「非大眾」歌手而言（不但沒發片，而且沒拍廣告、沒演戲、沒辦商演，這三年她幾乎從娛樂版面徹底消失），這個數字饒富意義：這群聽眾，是一批堅強的、介乎「大眾」與「小眾」之間的「中眾」。他們不能滿足於市面上曲意討好「大眾」的那些流水線拼裝出來大同小異的音樂，他們願意更認真、更挑剔地聽音樂，他們懂行或願意學著成為懂行的樂迷。一旦你給他們「對」的作品，一群「中眾」便會凝聚在一起，發揮關鍵的影響力，讓作品效應一波一波擴散出去，漸進地、靜水流深地改變一些事情。

這場改變來得並不容易。出版《神的遊戲》這年，張懸三十一歲。距離她錄下首張專輯《My Life Will…》已經過了十一年（那張唱片因為各種原因，延了五年纔發片），她寫歌則已經寫了十八年。這場改變也只有在二十一世紀纔可能發生，張懸是崛起於網路時代的音樂人。她在還沒發片的那幾年，便以一場場小型live house演出默默累積了許多死忠歌迷。多年來，她總在網上認真回應歌迷，寫長長的文章，談創作，談生活，也談硬梆梆的公共議題。她在網路平台直接和樂迷溝通交心，取消了娛樂工業層層的「中間人」，延伸效應恐怕遠大於傳統唱片工業勤跑通告的宣傳模式。

張懸花了三年慢火細焙，總算交出一張真正堪稱「完熟」的代表作。她的歌詞常有獨特的邏輯密碼，前幾張專輯的詞，有時不免晦澀——這不見得是壞事，誰說歌詞非要敞亮直白不可？但對普通樂迷如我，常有佳句迭出，整曲卻雲深霧罩、不得其門而入之憾。《神的遊戲》則不然，「詩質」密度仍高，語言意象卻直擊人心，且看〈玫瑰色的你〉壯麗的句子，那支孤獨地在狂風中招展的破舊大旗，疊在島嶼近來種種令人悲憤的景觀之上，簡直引人涕下：

你手裡沒有魔笛，只有一支破舊的大旗
你像丑兒揮舞它，你不怕髒地玩遊戲……
你是我生命中最壯麗的記憶
我會記得這年代裡你做的事情
你在曾經不僅是你自己
你栽出千萬花的一生，四季中徑自盛放也凋零
你走出千萬人群獨行，往柳暗花明山窮水盡去

又如字字句句都準準摁在心口的〈如何〉：

青春是遠方流動的河
你要如何原諒時光遺失的過程
要如何才能容忍它發生
要如何才能想而不問
而我在這裡等
等溼透的心聽雨聲
等身體回溫

真是多少年沒有聽到這樣溫柔而又殘酷的歌詞了。

論音樂表現，《神的遊戲》是張懸幾年來和搖滾樂團一路磨合，終於「修成正果」的見證。張懸骨子裡從來都是個 rocker，從來都不甘於被歸到所謂「小清新」、「小文藝」那一掛。從《親愛的…我還不知道》她拚了命學彈電吉他，到《城市》正式組成樂團 Algae，張懸做搖滾算是「白手起家」，用她自己倔強而執拗的方式。之前那些歌留著不少毛毛扎扎的稜角，它們或許不是「完美的唱片」，卻佈滿了只有張懸纔做得出來的，獨特的「手感」。這種「手感」到《神的遊戲》，每樣樂器都落在了「對」的位置上，張狂時不炫耀，內斂時不單調，那份倔強和執拗不再是缺憾，反而成為最迷人的特色。

張懸長年浸潤樂史經典，聽遍了台灣流行樂黃金時代和西方老搖滾名盤，加上李壽全的提點，出手底氣自然不凡。整張《神的遊戲》幾乎都是在錄音師兼鼓手錢煒安創業未久的小錄音室搞定的，卻做出了業界高標的音場，這對同行也是很有啟發的。台灣獨立製作的環境，早已不可同日而語。所謂「主流」、「非主流」的界線，已經沒有太大意義了。張懸以《神的遊戲》告訴我們：只要有足夠的才華和實力，不需要曲意奉承討好任何人，老老實實把作品端出來，該聽見的萬千雙耳朵自然會靠攏過來。

聽著張懸煙燻火燎、卻總予人靜定沉著之感的好嗓子，倔強而執拗地唱著一首一首沉甸甸的歌，再想想那兩萬多個買了這張唱片的人——在唱片業全面崩壞的台灣樂壇，張懸的存在，是我對這塊島嶼仍然願意保持樂觀的理由。

二〇一二

這個導演會選歌

首映日便看了《女朋友。男朋友》，看的當下覺得還好，反而是散戲之後慢慢回想，愈想愈有滋味。當然，它拍的是我輩人的故事，格外容易勾起種種記憶，戲裡戲外，不免浮想聯翩。

導演楊雅喆是懂音樂的，《女朋友。男朋友》選的經典老歌首首直中要害。高中校園造反的主題曲是丘丘合唱團〈河堤上的傻瓜〉，那是「校園民歌」漸入尾聲的時代，土產搖滾石破天驚的一擊。想當年，一頭捲髮、個子嬌小的主唱「娃娃」金智娟，摧枯拉朽的豆沙嗓子，唱得一代人神魂顛倒。劇中鳳小岳告白的經典台詞，讓每個走過那年頭的觀眾都會心微笑：「我雖然不是主打歌，但我是B面第一首」——〈河堤上的傻瓜〉正是紅極一時的《就在今夜》專輯卡帶B面第一首歌。導演在臉書透露：娃娃為了《女朋友。男朋友》應邀進錄音室重新灌錄〈河堤上的傻瓜〉，事隔三十年，她居然不用降key，唱了一遍就OK，唱完只淡淡地說：「那我可以回家煮飯了嗎？」

片中另一首摧肝裂膽的歌，是布袋戲名曲〈苦海女神龍〉——這首歌原是日本歌手森進一一九六九年的暢銷曲〈港町ブルース〉，黃俊雄填詞、西卿演唱的版本早已深入幾代台灣人的集體記憶。《女朋友。男朋友》邀來歌仔戲名伶唐美雲清唱全曲，剝去所有灑狗血的編曲，只搭上一把吉他——美國吉他手Mike McLaughlin是事後聽著唐美雲的清唱再決定琴怎麼彈，成色果真懾人。

在大銀幕看到「野百合」學運場景，還是有點兒激動。幾乎以為鏡頭再往左邊推一點，就會在靜坐學生的後排看到將滿十九歲的我了——啊，是的，二十多年前我也曾經在場，懵懵懂懂，高高興興。大清早，民眾熱心捐了麵包和飲料給學生吃早餐，創刊未久的《首都早報》做了特刊一落一落送到現場，大家看完就拿來墊屁股，隔開地上的濕氣。入夜之後，廣場熱鬧起來，許多小販就在警戒線外面擺起路邊攤。賣錄影帶的生意特別好：那是「綠色小組」黨外抗爭紀錄片最重要的通路，「五二〇事件真相」、「鄭南榕為台灣獨立而死」、「朱高正聲討老賊演講會」，與美日北歐各國A片，還有「亞馬遜食人族血腥紀實」放在一塊兒賣。那個攤子便是一幅具體而微的「後解嚴」風景，公領域與私領域的壓抑一塊兒鬆綁，處處是血肉撞擊的生鮮氣味。我和哥們兒一起晃出警戒線去光顧某攤「民主香腸」，和小販擲骰子輸得一塌糊塗，他卻很夠義氣地說：「恁攏是大學生嘛，無要緊，來，一人一支免客氣！」我們啃著香腸，頭頂彷彿都亮起了民主的光芒。

片中讓巴奈彈吉他低吟無詞版的〈美麗島〉襯在背景，確是神來之筆——她曾在二〇〇一年錄過一個國台雙語版的〈美麗島〉，是我始終珍愛的版本。當年「野百合」現場頗有一些學長姐苦心孤詣印了詞譜，教大家唱當年學運社團必學的經典禁歌：〈國際歌〉和〈美麗島〉。前者曾是一九八九年天安門學生反覆高唱的共產國際主題曲，「六四」之後竟成對岸禁歌，傳到台灣學生口裡唱起，別有一番新鮮滋味。〈美麗島〉是李雙澤譜曲的名作，一九七九年被高雄美麗島事件株連遭禁，地下流傳多年，大部分學生都沒聽過。它再度傳唱開來，是九〇年代中晚期的事了。

片中還有一段搖滾樂團演唱「黑名單工作室」的〈抓狂〉，也很符合當時的氣氛。一九八九年，王明輝、陳主惠、陳明章、林暐哲、葉樹茵、司徒松（Keith Stuart）這群樂壇怪才合組的「黑名單工作室」推出台灣第一張「台語搖滾」專輯《抓狂歌》，收錄了這首填上台語詞的泰國歌。當年他們認為《抓狂歌》緊扣

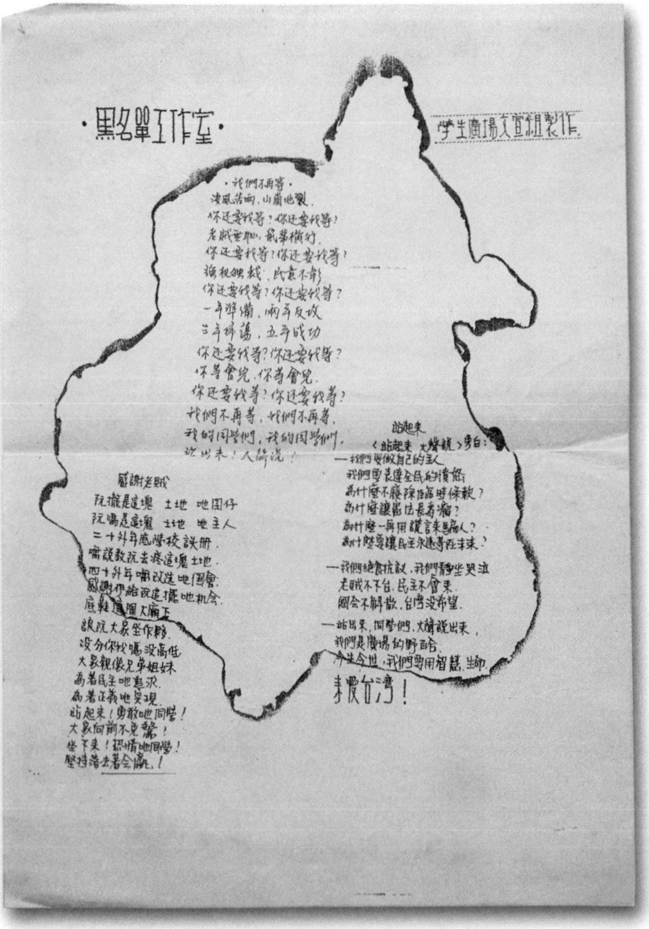

一九九〇年「野百合學運」，「黑名單工作室」錄製卡帶聲援，這是在中正廟現場教唱的傳單。

時代氣氛，必能一炮而紅，打敗葉啟田《愛拚才會贏》的百萬張銷售紀錄，沒想到碰上解嚴後首次縣市長大選，國民黨深怕影響選情，電視電台全面封殺，最後《抓狂歌》僅僅靠口耳相傳賣了十多萬張，成為「小眾經典」。在我心目中，沒有任何一張唱片比《抓狂歌》更完美地捕捉到「後解嚴」台灣那狂躁興奮的時代氣味。

「黑名單」最年輕的成員是剛退伍不久的林暐哲，他之前的樂團叫「拆除大隊」（這團名真好）。我記得他和幾個「黑名單」成員都到了廣場獻唱（那幾天滿多人上台給學生「獻樂」，記得還包括一組弦樂四重奏），還找了幾位同學一起進錄音室合唱兩首歌，火速拷成卡帶到現場發放，在廣場教大家一起唱。那兩首歌音樂共用，台語版叫〈感謝老賊〉，國語版叫〈我們不再等〉。卡帶封面是漫畫家老瓊繪製：光著屁股的李登輝手持十字架從天而降，腰間圍著黨旗遮羞，底下是一排排削尖朝天的鉛筆。

片尾，我們跟著幾位主角走入幻滅曲折的狼狽中年，桂綸鎂和張孝全在只剩一點點水的泳池裡簡直悲壯的那場嬉耍，戲院喇叭轟轟唱起來的是羅大佑的〈家〉，這實在是太準、太催淚了：

誰能給我更溫暖的陽光
誰能給我更溫暖的夢想
誰能在最後終於還是原諒我
還安慰我那創痛的胸膛

《女朋友。男朋友》是一部餘韻綿長的電影，乍看粗枝大葉，實則心細如髮。其他的不談，光憑片中幾首歌的佈局安排，就讓我想跟導演說句：「媽的，算你厲害。」

二〇一二

但願是柴油的

陳昇、黃連煜和阿Von合組的「新寶島康樂隊」有首歌叫〈應該是柴油的〉，調侃我們核四廠蓋了十幾年、花了幾千億，預算一加再加，問題愈捅愈多，不知伊於胡底。陳昇跟我們說：唉呀，其實搞了半天人家根本是柴油引擎來著，花了這麼多錢還搞不定，纔不好意思說實話啦！

二〇一三跨年夜的陳昇演唱會，剛開場就唱了這首歌，配著舞台投影一叢叢核爆蕈狀雲和大大的「核電歸零」字樣：

若要這樣衝早晚會失光明
明明是柴油乀，騙咱是原子爐！
若是遇到熱天伊就假鬼假怪

說是沒原子爐台灣會沒電
阮可愛的台妹，你那會這麼倔強
原子爐若破去，你我變成麵線糊
白賊七喔白賊七，九千億來花完又要來騙錢
聽說買了兩顆柴油的引擎

核廢料倒在倒楣的蘭嶼，口口聲聲安全無虞。要是真的沒問題，幹嘛不都放去總統府咧！唱到這段，舞台字幕大咧咧打出「放在總統府」，滿場歡聲雷動：

倒來倒去倒在衰尾的蘭嶼
三歲囡仔也知道那是毒土
若是那麼妥當就放在總統府
那會驚到住在美國，怕走不離

國際會議廳入場處，除了例備的演唱會周邊商品攤子，還有一個位子留給了「綠色公民行動聯盟」發放反核冊頁和貼紙。我拿了冊頁回家細讀，又知道了一些以前不明白的事：比方核四建廠預算從最初的一千六百九十七億一路追加到二千七百三十六億，一旦建成，也只能提供台灣每年百分之六的用電量。預計商轉四十年，若再加上除役的成本，總共要花掉八千零四十三億！

錢坑的問題且先不說，核廢料堆到蘭嶼的事也先不提（更不提三座核電廠積壓的十萬桶核廢料，我們一度打算送六萬桶去北韓，後來吹了，現在正評估在台東達仁鄉或者外島烏坵挖最終處置場），我甚至還未必需要進入「核能發電究竟是不是最有效率、最環保能源」這個層次的討論，光看看核二廠復行運轉扯出的爭議，和核四興建過程層出不窮的失誤與惡搞，就足以讓我喪失一切信心。問題從來不在科技，而是總會貪婪、鬆脫、失調的人心。

曾經認真和妻討論過，現在的核二、未來的核四一旦出事，萬萬不可倚賴傳統媒體（你也知道電視新聞的品質），更不可相信政府聲明和疏散計畫（看看歷來荒腔走板貓蓋屎的核災演習吧）。最可靠的第一手消息，恐怕還得靠外電報導和臉書。我們住「準疏散區」的台北（啊是的，台灣是唯一把核電廠蓋在首都圈的國家），在家囤積飲水、乾糧是沒用的，唯一選擇是把握時間、趕快逃命，還得祈禱氣候風向幫忙，讓輻射塵飄得慢一點。

大台北地區居民若同時展開大逃亡，將會有六、七百萬人上路，此時開車最是不智，一定塞在半路，最好騎摩托車走省道南下，去高雄親戚家避難。台灣到時很可能被列為禁航區，坐飛機出逃大概別想了，只能伺機看看能不能走水路出海，到時候船票一張抵萬金，而且有錢也擠不上啊……咦，這不是一九四九年國民黨撤退台灣的情景嘛。

轉念一想，我家那台五十西西的小Dio，從台北出發，恐怕騎到桃園就沒油了，這樣說起來，是不是該在家裡儲藏室先囤好一桶汽油呢？

回頭聽聽「新寶島康樂隊」那首歌，我還真恨不得那花了幾千億蓋的電廠，果然是柴油的，浪費掉的錢就算了吧！起碼，柴油發電再怎麼出紕漏，總不至於亡國滅島的。

二〇一三

當爐心熔燬，但願我們還能告別

「我們可能根本沒有機會和心愛的人告別。」

綠色消費者基金會董事長方儉在臉書寫了一篇文章，問道：「如果現在發生核二廠核災，核二離這裡只有二十公里，約兩小時後輻射塵就會飄到，你會怎麼辦？」開頭那句話，是文章的結語。

說真的，我想過「萬一核災爆發」這個問題，並且以為唯一的活路是棄車改騎摩托車上省道，飆去高雄親戚家避難——最好先備好一桶汽油，載著上路，免得半路拋錨。拚命騎，或許還有一絲希望趕在輻射塵降臨之前逃出災區。

方儉的建議則相反，他說：先安定身邊的人，不要到戶外，及早收集足夠的飲水和食物，緊閉門窗，「能夠用膠帶貼起來更好」，然後「靜下來等待，能撐多久就撐多久」——出去戶外，只會加入、製造更多的混亂。他說：只有軍隊能面對核災，但是台灣的軍隊也沒準備好，「只能等美軍、日本自衛隊、或是解放軍來幫忙撤離」。

這真是令人沮喪的建議。少年時讀張大春寫的《天火備忘錄》，一篇一九八六年蘇聯車諾比事故之後兩星期發表的小說，描述一場「二〇二〇年蘭陽平原東北角N7廠爆炸事件」。一個十一歲的孩子被爸媽用很多床棉被包起來，藏在衣櫃裡，每天給他喝兩次水，吃一點麵包。後來媽媽沒有了，爸爸繼續餵他，直到爸爸也不見了。孩子餓得受不了，跑了出來，見到爸爸的屍體爛在家裡。他被送去救濟中心，活了下來。十五年後，他回憶自己「學踩腳踏車，學了整整八年，現在終於有了一技之長，每天幫附近教堂的神父搬運一些安息的教友到福德坑」。

我一點兒都不想爛在家裡。但仔細想想，一旦北台灣爆發核災，一下要撤離六、七百萬人，還真未必逃得出去。唉，臨到那亡國滅島的時刻，我們最終的卑微的願望，或許也只剩下好好和心愛的人告別了。

關於核電，我們面對的問題並不是「一般論」層次的「核能是否是最有效率、最乾淨的能源」，而是一座全世界蓋得最久、花錢最多、拼裝出舉世唯一亂七八糟系統、貪污舞弊上下包庇、大小毛病層出不窮的核四廠。我自忖不是盲目的「民粹」份子，願意相信專家站在實證與科學角度提出的觀點。前核四安全監督委員林宗堯絕非反核人士，他的宏文〈核四論〉卻是我讀過最有力的「反核四」（不等於全面反核）論證。最近馬總統說要讓核四先完工、確認安全後商轉，林宗堯則直接指出：核四的安全標準淪為趕工標準，未來商轉一定出事。政府說要讓國際顧問協助審查核四安全，林宗堯指出那些顧問是台電給錢、論工計酬，講明了「是找顧問幫忙趕快裝填燃料棒」。

看看今上馬總統，再看看國會議員的嘴臉，想想箇中牽扯的天文數字的錢財……對於核四停建，我是悲觀的。不過，從「續建」到「商轉」之間，畢竟還有很多「眉角」要處理。我大膽猜測，接下來的劇本或許是：預算給他通過（所謂「先蓋好再說」），錢坑繼續燒他個幾百億，但是商轉呢？怎麼看都不大可能通過層層測試，那就繼續一年一年往下拖，拖到爛攤子可以扔給下一任再說。

老實說，這已經是我能想到比較好的結果了。總比不顧一切把燃料棒插進去，轟一下搞得亡國滅島要好。

二〇一三年三月九日，福島核災兩週年前夕，一百五十多個民間團體在台灣北、中、南、東同時串連反核大遊行，全國有二十多萬人上了街。上街有用嗎？

我不知道。但是，不上街一定沒有用。

最後，假如一切努力都告失敗，當爐心熔燬、天地變色，距離末日只剩一首歌的時間，我也準備好了。我會選擇黃韻玲寫給孩子的那首〈Arthur〉，輕輕唱給心愛的人聽：

在我們還能夠清楚表達自己的時候
請你牢牢記住，我是多麼地愛你
在地球還能不停轉動的時候
請你牢牢記住，我是多麼地愛你

二〇一三

註：二〇一四年四月，總統馬英九宣布讓核四一號機「安檢後封存」，公投決定是否商轉，二號機全面停工。但行政院長江宜樺表示：「停工封存」並不等於「停建」。

「地下社會」並不欠這社會甚麼

一九九八年，我和幾個哥們兒一起寫了一本叫《在台北生存的一百個理由》的書，其中一篇〈活著樂隊〉，寫當年搖滾樂團的現場演出環境，標題雙關語來自live band的硬譯：

這兩年，台北的樂團表演場地紛紛倒閉，只剩下愛國東路的Vibe、新生南路的「女巫店」和師大路的「地下社會」還在苦撐。樂團必須將就簡陋的器材和侷促的場地，時時面臨鄰居抗議、警察騷擾，才能累積臨場經驗。若是沒有倔強的執念，這條充滿挫折感的路，不是每個人都走得下去的。

事隔十幾年，要不是「地下社會」歇業風波鬧得沸沸揚揚，我已經忘了當年寫過這麼一篇文章。如今Vibe消失多年，「女巫店」二〇一一年經歷停業危機，文化局插手搶救，得以繼續營業。「地下社會」跌跌撞撞走到二〇一二年中，終於不堪官府一再開罰，決定不幹了。

如今年輕人「玩樂團」已經不再像九〇年代被師長、媒體目為搞幫派混流氓之類「地下活動」，早已取得「正當休閒娛樂」的合法性了。真沒想到，在這經歷了兩次政黨輪替、官府一口一個「文創產業」近乎念咒的時代，那充滿挫折感、必須滿腔倔強執念纔能撐下去的，竟不是玩團的孩子，而是屢被不合時宜法令規章擊敗的live house。

「Live house合法化」講了許多年，不明就裡者或曰：該登記就登記，消防法規、賣酒執照、噪音管制都該照規矩來，有甚麼好吵？殊不知live house在現行法規之中並無棲身之地，長年來live house都只能以「小吃店」申請執照，不然就得被歸類到「八大行業」。公家稽查人員照著檢查酒吧之類場所的經驗看待live house，若要賣酒就得登記成「飲酒店」，必須搬到商業區纔能開業。若是登記成「小吃店」，則營業項目不得有現場演出。Live house以學生族群為主要客源，賣票辦演出為主，吃喝只是附帶營業項目，卻要比照「八大行業」規範娛樂稅、酒稅、消防與店內設施。二〇一〇年底，經濟部商業司終於新設「音樂展演空間業」項目提供登記，相關消防、建築法規卻始終沒有配合修改，於是徒有營業項目而無營業法規，變成空殼。

就我所知，live house業者始終都很願意盡力配合規定，無奈受制於不合時宜的法條，再怎麼努力，仍然功虧一簣——嚴格說來，現在台北所有的live house都不算完全合法，只是管區要不要去取締而已。

近年唱片業大崩盤，實體銷售十年跌掉九成，「現場音樂」場景卻逆勢成長。我那篇舊文所謂台北「固定讓搖滾樂團表演創作歌曲」的場所已比當年又多了幾間：Legacy、The Wall、大小兩間「河岸留言」、海邊的卡夫卡，都變成了台灣獨立音樂舉足輕重的「育成中心」。此外，大大小小的音樂節也辦得有聲有色，甚至已能吸引中國、香港、甚至日本歐美樂迷專程飛來台灣共襄盛舉——看演出的經驗畢竟是無法下載、無法複製的。十幾年前，我真想像不到未來台灣「現場音樂」會繁衍出這麼熱鬧的風景。

那篇一九九八舊作，還有一段讓如今的我赧顏的敘述：

> 翻開台灣流行音樂史，從早年的薛岳、趙傳到現在的伍佰，都是歌手個人魅力遠遠壓過樂團整體的形象，純粹以樂團形式揚名立萬的前例，恐怕連

一個也沒有。在台北，要靠玩團名利雙收，幾乎是作夢。

九〇年代，「搖滾現場」仍屬於邊緣、地下、帶著「秘密結社」氣味的小眾團伙。不管唱的是國外樂團的口水歌抑或良莠不齊的原創曲，氣味相投的一小撮人聚到一塊兒，電吉他破音效果器大腳一踩，長髮樂手「喳喳喳」刷起弦來，就夠大家high翻了。然而革命就在這樣的場景醞釀——就在我寫那篇文章的第二年，一個地下樂團出身叫「五月天」的團推出首張專輯，一傢伙賣了三十萬張。之後的故事，大家都知道了。二〇〇一年，另一個叫「蘇打綠」的學生樂團開始在「地下社會」表演，之後他們不靠主流廠牌奧援，步步高升，一路唱到了小巨蛋、唱到了對岸。

五月天、蘇打綠的走紅，對我當年的悲觀之論賞了兩巴掌。更別說近年人氣鼎盛的1976、Tizzy Bac、Matzka，都是唱live house起家，獨立廠牌出身的重量級樂團。回首往事，我們已經走了很遠、很遠。

公部門一邊夸夸而言「文創」，撥巨款興流行音樂中心、設補助、立標案，一邊根據窒礙難行的法條規章，選擇性地對民間自為的展演小空間騷擾取締，這是不折不扣的本末倒置。真正熱鬧的文化場景從來都是「由下而上」長出來的，與其灑錢補助，不如讓這「民間自為」的空間得以無礙存活，創意生機自會找到出路。

「地下社會」決心歇業，老闆林宗明只淡淡地說：「地下社會沒有對不起這個社會。」是的，他們並不欠我們甚麼，反倒是這光怪陸離、群魔亂舞的社會，竟容不下這麼一間小小的 live house。歸根結底，我並不想從「天團育成中心」的功利角度論 live house 存在之必要——在我心目中，一座像樣的城市，總該有若干邊緣的、地下的、不乖馴的聲音。真正大度的市民，即使未必能欣賞，也總該理解或者包容那樣的生活樣態。唯有如此，這座城市才能成就其「多元」，也才有資格自稱「偉大」。

二〇一二

輯三

溯流靜聽

請進來我的世界，稍作停留

你現在，是怎樣的心情呢？
是歡喜悲傷，還是一點點不知名的愁？
如果是，請進來我的世界，稍作停留
在這裡，有人陪你歡喜悲傷，陪你愁

一九八六年一月，李宗盛終於在滾石唱片出版他的第一張個人專輯《生命中的精靈》，〈開場白〉是第一首歌，歌詞只有短短四行。作為第一張個人專輯的第一首歌，再也沒有更合適的開場了。

這年李宗盛二十八歲，早已不是「新人」。七〇年代末他還在「明新工專」讀書的時代，就加入了民歌組合「木吉他合唱團」（你聽新格唱片當年出版的專輯，〈散場電影〉、〈廟會〉那些歌，合唱的有個傢伙大舌頭十分明顯，一聽便知是他）。那時他一邊混音樂圈，一邊還得在父親開的瓦斯行幫忙，有時要去民歌餐廳趕場，他得跨上摩托車，揹著吉他，瓦斯桶綁在後面，穿行在北投的巷弄之中。那時候「小李」腦子裡轉來轉去大概都是他的大夢：在音樂圈安身立命，寫出家喻戶曉的好歌，有一天或許能夠成為像李壽全那樣了不起的製作人……，然而他當前最大的願望，就是有一天再也不用送瓦斯。

一九八九年，滾石出版合輯《新樂園》，邀集旗下創作男歌手，每人貢獻一首最能表現自己當下狀態的歌。李宗盛那時已經是家喻戶曉的「超級製作人」，為許多明星量身打造橫掃千軍的暢銷曲，出手動見觀瞻。但為了這個企劃，他決心「洗盡鉛華」，只為自己寫一首歌，回到初衷，回到原點，這首歌叫〈阿宗三件事〉，以三段短歌組成，分別是寫給新生女兒的〈純兒〉、自剖心跡的〈你說你喜歡我的歌〉，和回憶過去的〈往事〉。

在〈往事〉這一折，他唱著當年送瓦斯的日子，迤邐的長句道白，令人歎為觀止。華文世界大概也只有李宗盛可以這樣寫歌、唱歌吧：

我是一個瓦斯行老闆之子
在還沒證明我有獨立賺錢的本事以前
我的父親要我在家裡幫忙送瓦斯
我必須利用生意清淡的午後
在新社區的電線桿上綁上電話的牌子
我必須扛著瓦斯穿過臭水四溢的夜市
這樣的日子在我第一次上「綜藝一百」以後一年多才停止

《生命中的精靈》這張專輯，就是在北投那間瓦斯行樓上的房間裡寫出來的。那些百轉千迴的情歌，都是獻給同一位無緣的女子。創作不僅是情傷之後的自我療癒，後來也療癒了千千萬萬聽眾。他的哥們兒，後來創辦「魔岩唱片」的張培仁，當年纔二十三歲，在滾石宣傳部上班。據他回憶：當年去探望小李，兩人擠在那個小房間，李宗盛抱著吉他奮筆寫歌，張培仁則在旁邊百無聊賴玩著任天堂紅白機「超級瑪莉」。小李每有新歌寫好，便現場彈唱給他聽，唱到動情處，往往痛哭流涕。

其實那時候，「小李」已非池中物。早在一九八三年，民歌手出身、演唱過

〈月琴〉的鄭怡將要出版第一張個人專輯，原本擔綱製作的侯德健忽然「叛逃」出走中國大陸，丟下一堆爛攤子。時年二十五歲的李宗盛臨危受命接下這樁製作案，成為他生平製作的第一張唱片。《小雨來得正是時候》後來大獲全勝，鄭怡成功脫離「學生歌手」身分轉戰主流市場。李鄭兩人合唱的〈結束〉紅極一時，而那竟是李宗盛最早發表的歌曲。回頭望去，這張專輯的成功，也預示了後來李宗盛最令人稱道的成就：他擅長掌握女歌手的氣質，為她們量身打造全新形象。張艾嘉、潘越雲、陳淑樺、娃娃、林憶蓮、辛曉琪、莫文蔚……，這些女歌手經他製作，總能脫胎換骨，展現全新的深度。

那個年頭CD尚未問世，「聽唱片」就真的是聽黑膠唱片，但大多數人還是聽錄音帶。唱片和錄音帶都沒有「隨機播放」和「設定曲序」功能，買一捲卡帶，就得老老實實從第一首聽到最後一首。所以，歌目的排列便十分重要了。通常主打歌擺A面第一首，其後依序放第二波、第三波主打歌，B面第一首也會挑個賣相比較好的。至於B面最後一首，往往是賣相不佳的「雞肋」之作，就像報紙用來填版面的「報屁股」文章。但當然，這只是唱片業企劃人員習慣的思維，遇到像李宗盛這樣嘔心瀝血的創作者，一張專輯的曲序，牽涉到聆聽的呼吸、節奏、鬆緊明暗的拿捏。從〈開場白〉木吉他清澈的撥彈開始，《生命中的精靈》這張只有八首歌的專輯，一如歌詞所述，創造了一個引人入勝的世界，一幅幅直通內心的幽微風景。

年輕的聽眾已經難以體會A面放完、翻面聽B面第一首那種「柳暗花明」的轉折感了。《生命中的精靈》錄音帶A面末尾，〈風櫃來的人〉唱完之後，李宗盛錄了一段口白，帶著幾分憨氣，幾分自嘲，誠惶誠恐，卻又懇切十足：

各位朋友，呃，這面到這邊全部都唱完了。欸……對於喜歡剛才這些音樂的人哪，十幾分鐘太短了（笑），不喜歡的又會、可能會嫌太長。可是這沒有辦法！這個……我必須很忠實地記錄我過去一年多的生活的經驗啊甚麼、感情的經驗啊，這個，啊。嘖。所以，沒有辦法啦，請你換面！

這是還沒變成「大哥」的「小李」，他還不知道自己這張唱片將會成為樂史經典（事實上發行之初賣得也不算太好），更不知道接下來幾十年的人生將要面臨多少驚濤駭浪，華語流行音樂這個創作門類又會因為他而產生多麼巨大的變化。這時候的李宗盛，只是一個年輕的創作者，希望在流行音樂這個慣於浪擲才華的行業，尋找足以安身立命的前途與尊嚴。

重新再聽那個誠誠懇懇唱著的大男孩，你還是會感動的——我們後來都進來了他的世界，而且，豈只稍作停留而已。

二〇一一

忙與盲，一張消失的床

張艾嘉的《忙與盲》專輯，不僅是她歌唱生涯的高潮，也是製作人李宗盛自謂「嘔心瀝血、最最滿意的一張作品」。封面那幀照片，在那個年代堪稱異數：張艾嘉穿著鬆鬆捲起袖子的日常襯衫，僅以側臉示人，拿著一支眉筆對鏡化妝——這個或可稱為「紀錄片」式的畫面，恰似專輯裡的那些歌。我們就像偷偷闖進女主角的「後台」，參與了她的生活，偷聽她卸妝之後的真心話。

從這張專輯開始，李宗盛確立了歌壇「都會女子代言人」的地位。那一年，張艾嘉三十歲，李宗盛二十七歲。

李宗盛作曲的〈忙與盲〉是專輯主打歌，作詞者是小說家袁瓊瓊，時年三十五歲。她原非音樂圈人，因為編劇而和張艾嘉變成了朋友。袁瓊瓊冰雪聰明，有一雙洞燭人世的利眼。她為張艾嘉量身打造的這首詞，也寫出了當年千千萬萬處於社會轉型階段的「都會女子」心情。

八〇年代中期，台灣社會還在「前解嚴」階段，卻已經要從「小康」階段大步邁向「現代化」、「都市化」。《忙與盲》問世前一年，小說家朱秀娟發表暢銷書《女強人》，描寫職業女性在商場的奮鬥和曲折的愛情，轟動一時，書名也成了流行語。隨著台灣產業結構轉型，白領女性愈來愈多，社會樣貌確實不一樣了，想想舊時代，「上班小姐」還曾經是「特種營業女性」的專有稱號呢！〈忙與盲〉描寫的，就是新時代的職場女性生活：

曾有一次晚餐和一張床
在甚麼時間地點和哪個對象
我已經遺忘，我已經遺忘
生活是肥皂香水眼影唇膏
許多的電話在響，許多的事要備忘
許多的門與抽屜開了又關關了又開，如此的慌張
我來來往往，我匆匆忙忙
從一個方向到另一個方向

我們的女主角顯然是都市職場女性，日子過得光鮮，行程滿得要命。偶爾得以偷閒，她也樂於和男人吃個飯，甚至不憚於上個床。只是日子實在太忙，在哪兒睡過的那個男人是誰，已經在匆匆奔忙的生活中遺忘了——〈忙與盲〉刻劃的女性形象，早就不是昔日流行曲中守在故鄉苦等情人的怨婦，甚至也早就不是〈孤女的願望〉裡立志「做著女工過日子」、「假使少錢也來忍耐三冬五冬」的女孩，我們的女主角擁有白領的學歷、經濟的獨立，還有情慾的自主。只是，她仍然不快樂：

忙忙忙，忙忙忙
忙是為了自己的理想，還是為了不讓別人失望？
盲盲盲，盲盲盲
盲得已經沒有主張，盲得已經失去方向
忙忙忙，盲盲盲
忙得分不清歡喜和憂傷
忙得沒有時間痛哭一場

「忙」和「盲」同音，照說這種容易被聽眾混淆的寫法是犯忌諱的。可是袁瓊瓊何等聰明，她讓這首歌的「忙」和「盲」可以互換，而意義仍然成立。時時得在人前以「肥皂香水眼影唇膏」光鮮示人，持續緊繃的生活，忙得連「痛哭一場」的時間都沒有。唉呀，看看這代價，何等慘烈。

〈忙與盲〉送新聞局審查，不出所料，沒能通過廣電處這一關。在審查委員看來，第一段歌詞豈不是在鼓勵亂搞男女關係，敗壞民情，有傷風化！沒辦法，張艾嘉只好重新回錄音室，又唱了一段修改版的歌詞，讓電視電台可以打歌：

曾有一次晚餐和一個夢
在甚麼時間地點和哪些幻想？
我已經遺忘，我已經遺忘
生活是肥皂香水眼影唇膏

於是，那個情慾自主的女子，變成了一個愛到處作夢、而且夢醒即忘的人（或許她患了夢遊症？）開頭那頓晚餐所為何來，也變得有點牽強。當然，我們也可以勉強把新詞解釋成：那頓晚餐（一場約會？）原本代表的承諾，最後成了只能遺忘的幻想。但「潔本」的詞比起原版，就像剪了爪子的貓，不免顯得溫馴甚至渙散了。

市面第一批《忙與盲》專輯收錄的都還是「一張床」版本（畢竟它通過了新聞局出版處的審查）。多年後專輯重新發行CD，主事者大概不知道當年這段緣由，拿了「一個夢」版去製作母帶，從此「一個夢」竟成定版，「一張床」反而變成珍本。

一九八九年，李宗盛出版個人作品集，把歷年寫給別人的歌重新編曲、演唱。〈忙與盲〉變成了快板的搖滾，火力旺盛許多，大概是李宗盛唱過的歌裡搖滾能量最強悍的一曲。有趣的是，第一段歌詞由男人來唱，竟然可以衍生截然不同的解釋：李宗盛不但保留了「一張床」的原詞，也保留了「生活是肥皂香水眼影唇膏」——在張艾嘉的版本，這句詞是女主角疲憊的自述，到了李宗盛這兒（乃至於後來周華健、黃立行的翻唱版），那些「眼影唇膏」，竟然變成了男主角豔遇不斷的證據。

流浪遠方，流浪

離鄉背井、遠赴他方，原是民間歌樂極常見的題材。遠的不說，光看近世台語歌以「行船人」為題的作品，已足以寫成一部專論。不過，早年那些歌裡一面在異鄉打拚、一面思念遠方情人的主角，總有著不得不離開老家的苦衷，也總是背負著生活的重擔，以及出人頭地、衣錦還鄉的壓力。即使是描寫江湖浪子的歌，那些兄弟的飄浪人生，也總帶著身不由己的苦楚。

無目的、無負擔的「流浪」，這樣的概念大抵還是要等到一九七〇年代「民歌」風起，纔普及到歌裡。那只能屬於日子過得尚稱滋潤，起碼擁有閒暇餘裕的青年：一只背包（彼時歌中常曰「行囊」）、一本詩集、一頂草帽、牛仔褲口袋裡一張車票，就可以「流浪」了。此情此景，蘇來詞曲、陳明韶演唱的〈浮雲遊子〉已經描寫過：

肩負了一只白背包，踏著快捷的腳步
不知道甚麼是天涯，不知道甚麼叫離愁

台灣開放民眾出國觀光，是一九七九年的事。在那之前，申請護照難如登天，越洋機票價抵萬金，除非出國留學（而且一去就是不知多少年），台灣青年只能從二手素材揣想異國風情：電影、書本，還有流行歌——六、七〇年代，英美排行榜多得是揹吉他彈唱的民謠歌手，他們不分男女，一律衣衫隨興，留長長的頭髮，唱著一首首在北美大陸一望無際的州際公路飄泊壯遊的歌：「彼得、保羅和瑪麗」（Peter, Paul and Mary）的〈離家五百哩〉（500 Miles）、約翰丹佛（John Denver）的〈鄉間小路帶我回家〉（Take Me Home, Country Roads）、傑克森布朗（Jackson Browne）的〈放輕鬆〉（Take It Easy）……，它們提供困處海島的台灣青年多少夢想的燃料！

不過，說起讓「流浪」成為全台灣文藝少女共同夢想的頭號功臣，非三毛莫屬。七〇年代中期，遠嫁撒哈拉沙漠小鎮的三毛發表一系列記述異國見聞的文章，後來結集成《撒哈拉的故事》等書，轟動全台灣。幾乎每一個文藝少女都想像自己穿一身波西米亞風的寬鬆衣袍，一路流浪到西班牙、摩洛哥，遇見自己的荷西（三毛的先生），和他長相廝守……。

三毛作詞、李泰祥作曲的〈橄欖樹〉劈頭就說：「不要問我從哪裡來，我的故鄉在遠方／為甚麼流浪？流浪遠方，流浪」。這幾句詞當年惹了禍：新聞局官員可能認為它有「裡通匪諜」的嫌疑，又或許有「鼓勵青少年離家出走」的危險，遂把它給禁播了。不過它實在太好聽，禁播並沒有能夠阻止它的傳唱，直到現在，〈橄欖樹〉仍是誰都能唱上兩句的名曲。

〈橄欖樹〉早在一九七三年便已寫成，是李泰祥向三毛邀的詞。早在齊豫錄製「決定版」之前，歌手楊祖珺已經在演唱會上唱了好一陣子。一九七八年，還在讀台大人類學系的齊豫參加第二屆「金韻獎」和第一屆「民謠風」大賽，雙雙拿下冠軍，李泰祥對她的聲音驚為天人，一九七九年為她作曲、編曲、製作了《橄欖樹》專輯，從此改寫台灣流行樂史。

三毛當年寫這首詞，已經去西班牙留過學，並曾遍遊歐美。〈橄欖樹〉原本是寫她對西班牙的情感，原版詞還有「為了小毛驢／為了西班牙的姑娘／為了西班牙的大眼睛」等語。李泰祥認為這幾句不工整，擅自改成了「為了天空飛翔的小鳥，為了山間輕流的小溪／為了寬闊的草原，流浪遠方」。三毛對這樣的改作並不滿意，曾經公開說：「如果流浪只是為了看天空飛翔的小鳥和大草原，那就不必去流浪也罷。」

李泰祥是這麼說〈橄欖樹〉的：「我自己經常被傳統所束縛，生活上有許多框架，會覺得處處礙手礙腳，多麼希望能自由自在地寫與創作，因此〈橄欖樹〉代表個人生命完整自由與追求完美理想，可以打開胸襟，不再拘泥某些傳統上。」的確，〈橄欖樹〉旋律美極卻也險極，從傳統角度看，多有「不按牌理出牌」之處。多虧了當年纔二十二歲的齊豫，初生之犢卻能游刃有餘，把這首歌駕馭得服服貼貼。

三十年後，我在電台訪問齊豫，她說：〈橄欖樹〉她這輩子已經唱了上萬遍，直到現在，每一次開口唱第一句之前，她仍然提心吊膽，惟恐搞砸——這是一首必須以全副身心靈去對付的歌。

一九八七年台灣解嚴，年輕人見過的世面也比較多了。和上一代青年困處海島的悶氣不同，那幾年，「自助旅行」變成新鮮的流行語，台灣年輕人漸漸也加入了世界各國青年「背包客」的行伍。不過那年頭男生都得當完兵纔准出國。就這點而言，女孩還是佔了一點便宜。

就在這一年，王新蓮、鄭華娟合作了《往天涯的盡頭單飛》，因為這首歌、這張專輯，「單飛」變成了流行語。

那是台灣流行音樂「才女輩出」的時代。王新蓮、鄭華娟都是能寫、能唱、能製作的全才，當時王新蓮二十七歲，鄭華娟二十四歲，卻都算得上是唱片圈「老鳥」了。她倆分別出身第三、四屆「金韻獎」，很早就從歌手轉戰幕後工作。王新蓮和齊豫一起製作過三毛作詞、齊豫和潘越雲演唱的經典專輯《回聲》，又和鄭華娟一起製作了膾炙人口的《快樂天堂》。

這一年，王新蓮要遠嫁美國，鄭華娟打算去歐洲遊學，兩人都要暫別台灣，於是決定以「旅行、遠走」為主題，合作一張專輯。主打歌〈往天涯的盡頭單飛〉，電子合成樂器層層交疊，兩位女子娓娓唱起，清新鮮活之氣撲面而來：

行裝已經收好
心情好不好，已不再重要
終究要展翅昂首
往天涯的盡頭單飛

和以往歌中那虛無飄渺、概念化了的「流浪」不同，你聽她們唱著，當也感到那「天涯盡頭」是可望可即的。哪怕山高水長，仍有堅實的地面托著，一如貫串全曲那硬朗的電子鼓：

守候是為了重逢
過去和未來的夢
在地平線上的盡頭
變成一道美麗的彩虹

那時候，她們和我們都不知道還有多少生命的曲折和磨礪，埋伏在地平線彼端。也幸虧如此，纔替她們的青春、我們的時代，留下了那樣一無所懼、晴朗透亮的滿腔豪情。

二〇一三

「小清新」的祖師奶奶

「小清新」一詞出自對岸，用以描述某些台灣作品共通的氣質。此話一出，聽者多能心領神會，然而真要精確定義，卻又不是那麼容易。假如撇開電視電影書籍不提，光講流行音樂的「小清新」，大抵用來形容樂風形象比較清純、歌詞帶著點兒知性文藝氣質的創作音樂人。除此之外，「小清新」的重點還是在那個「小」字——小情小愛小感小悟，花花草草人畜無害，歌者最好還帶幾分「素人氣質」。「星味」愈少，「文藝腔」愈濃，「小清新」指數愈高。

我想台灣創作歌手之中，願意心悅誠服被劃歸「小清新」的應該不多，畢竟哪個創作人會自甘於「小」呢？是以我相信，即使連「小清新界」教母級的陳綺貞（「小清新」的一切定義似乎都是為她量身打造）、「至尊天團」級的蘇打綠（那首〈小情歌〉堪稱「小清新國歌」吧？），聽到這三個字，也不免要皺一下眉頭的。不過換個角度看，「小清新」的對立面，自然是「大世故」、「老油條」，這麼說來，被冠以「小清新」倒也未必是壞事。在流行歌的世界，「小清新」的對立面，便是那些中年唱片人以加工生產線方式炮製的芭樂歌。平素吃慣了雞粉味精，忽然上來一道青菜豆腐，確實能收清口之效。

「小清新」之風自然不始自陳綺貞，甚至不始於一九七〇年代中晚期興盛於大專院校的「校園民歌」——「民歌」風潮恐怕是台灣空前絕後的、「小清新」爆炸式密集大量出現的時代。考其前世，恐怕還是得從「神秘女郎」洪小喬說起。

一九七三年春某日，在電視節目「金曲獎」抱著吉他現場彈唱的「神秘女郎」，已經唱滿十八個月了。螢光幕上，她始終以一頂大草帽遮住面目，只露出唱歌的嘴，全國觀眾都在猜測她的真面目。許多人猜她一定很醜，要不就是臉上有疤，不能見人。可是她歌聲那麼好聽，才華那麼出眾，觀眾來信的內容她都能即席改編演唱，也有許多人暗暗希望她的模樣就和嗓音一樣好。總之，節目到末了，「神秘女郎」、「金曲小姐」竟拿下了那頂草帽，露出真面目。全國觀眾同時倒抽一口氣——唉呀感謝老天，原來是個正妹！

豪門出身、淡江外文系高材生，洪小喬自然很有「才貌雙全」的自信，否則不會拿三國時代第一美女的名字來當藝名。她在台灣舉國跨入「電視時代」的當口，揉合西洋流行曲和本土歌謠元素，創造了與彼時歌壇主流大異其趣的新風格。且聽聽她的成名曲〈愛之旅〉：

風吹著我像流雲一般，孤單的我也只好去流浪
帶著我心愛的吉他，和一朵黃色的野菊花
我要到那很遠的地方，一個不知名的地方
我要走那很遠的路程，尋回我往日的夢
我裝扮成不再喜歡你，這樣的我也只好去流浪
帶一份真摯的愛情，和一朵紅色的玫瑰花

你看這短短的歌詞，濃縮了多少延續到後代「小清新」的意象：風吹、雲朵、流浪、吉他（彼時都要唱成《ㄧ ㄊㄚ）、野花、夢想，當然還有挫折的愛情。再看唱片封面的女主角：長髮姑娘抱著吉他大咧咧坐在地上，斜倚一根古典歐風的燈柱。比腰身還寬的喇叭褲腳露出一雙赤足。這確實不是我們習慣的「歌星」，而該喚之曰「歌手」了。從洪小喬開始，聽「美軍電台」長大的一代台灣

青年終於擁有一位本地出身的「創作歌手」。他們在戒嚴時代聽著翻版唱片裡的瓊拜茲、瓊妮米雪兒（Joni Mitchell）和朱迪柯林斯（Judy Collins），對嬉皮式的浪遊懷抱著模糊的神往。〈愛之旅〉歷年迭經翻唱，這樣的嚮往一代一代傳下去，為那素樸的集體夢想留下見證。

先有了洪小喬樹起「創作歌手」的形象，建立「自己寫歌自己唱」的先例，纔能刺激出後來的楊弦、吳楚楚、胡德夫，纔能有後來風風火火的「民歌運動」。誠然，如今的年輕聽眾點開youtube，放起〈愛之旅〉的古老錄音，聽到那樣的輕搖滾配上管樂，和洪小喬那豪放猶勝婉約的唱腔，可能很難和印象中的「小清新」連結在一起。但這首古老的歌，確確實實是開一代風氣之先的「祖師奶奶」。

二〇一三

文青應當讀詩，寫歌的文青尤其是

近年「文青」一詞復在年輕人中廣為流傳，網上且早有「文青問卷」，便於彼此考察「文青指數」。據指出：文青愛村上春樹、瘦而好穿鬆褲、腳踏Converse All Star、嗜菸嗜咖啡、用Mac小筆電、愛跑創意市集音樂祭、愛玩Lomo、穿極簡而貴的衣服，諸如此類。據我觀察，年輕人絕少有自稱「文青」者（那樣便顯得太瞎了），然而一旦被指為「文青」，又絕少不微露得意神色。

「文青」，假如我沒理解錯，是「文藝青年」的簡稱。「文藝青年」一詞流傳久矣，大抵「後五四」時代已有。戒嚴時代，我們也常在官樣文章中看到這四個字：「團結全國文藝青年」、「號召全省文藝青年」云云，那是統治階級抓緊槍桿也要抓緊筆桿的套式語彙。不過，「文藝青年」這個詞當年也沒有甚麼貶意，大抵指的是對文學、藝術有著超乎同儕的熱情，並且往往自身也投身創作的青年。

時移事往，多年後我們又看到「文青」一詞大行其道，它在新生代眼中只剩一些無關痛癢的品牌標籤了。最讓我訝異的或許是網上眾多「文青問卷」或者調侃文裡，竟然沒有「詩」這個字——如今連文青都不讀詩了嗎？

曾經，詩是一代代「文藝青年」的啟蒙之門，是他們心目中「最高貴的文體」。那些詩人的名字閃閃發光如天上星辰。不誇張地說，若把現代詩從近代青年創作歌謠之中抽走，整個轟轟烈烈的「民歌運動」，乃至於八、九〇年代華語歌壇「爆炸式」的百花齊放，也就難以成立了。說到底，當年那場改變台灣流行音樂史的創作風潮，便是從一群愛讀詩又愛彈彈唱唱的文藝青年開始的。

據說文青都是樂迷，那麼就來看看當年愛讀現代詩的文青怎麼把一首晦澀的詩，變成了膾炙人口的歌。

「偈」原是鄭愁予一九五四年作品，詩人時年二十一歲。原詩很短：

不再流浪了，我不願做空間的歌者
寧願是時間的石人
然而，我又是宇宙的遊子

地球你不需留我
這土地我一方來
將八方離去

一九八〇年，二十四歲的蘇來把這首詩譜成了歌。這不是一樁容易的工程：「偈」原本壓根兒沒有拿來唱的意思，句式長短參差，而且完全不押韻。更大的挑戰是它凝鍊的詞意，「這土地我一方來／將八方離去」完全脫離了日常「語感」，用說的都未必能聽懂，何況要唱！

但是，蘇來譜出了極其漂亮的旋律。整首詩唱兩遍，末三行詩句各再重複一遍，這樣就有了氣場，有了架勢。

更要緊的，是唱歌的人：歌手王海玲當年十七歲，還在念北一女，聲嗓像天然湧泉那樣透亮澄澈，一清見底。她十六歲參加第三屆「金韻獎」大賽，自選曲竟敢單挑芭芭拉史翠珊（Barbra Streisand）的〈我心屬我〉（My Heart Belongs to Me），打敗一堆大學生和社會人士，勇奪冠軍。王海玲後來闖蕩歌壇，出了好幾張唱片，然而只有這出道第一張作品，保留了那毫無心機、毫無雜質的歌聲——我們甚至不必計較那少女唱的當下是不是真懂了原詩的深意，一切已經足夠。

王海玲的製作人是當時二十五歲的李壽全，他是整個青春都浸在搖滾裡的資深rocker，對聲音元素的編排自有不同時俗的想法。編曲人則是古典科班出身的陳揚，時年二十四歲——他們剛剛踏進唱片這一行，初出茅廬，一無所懼，乃敢捨棄一切慣用的套式，聯手創造了天外飛來的音場：從輕響的鐵琴前奏，漸漸帶進弦樂，鋪上線條極簡約卻極有品味的貝斯，再仔細聽聽間奏那把加上了延音效果、從左耳竄到右耳的酷極的大提琴，全曲精巧節制卻不失大氣，從容托起王海玲十七歲的好嗓子和那些奧妙的詩句，這是一場台灣流行樂前所未聞的前衛實驗。

當年的唱片公司也同意〈偈〉這首歌確實極好，應當主打，卻又擔心聽眾念不出這個字。於是唱片封面上，脂粉不施、清湯掛麵的王海玲旁邊，斗大的「偈」字標上了注音符號「ㄐㄧˋ」。

那確實是一個神奇的時代——民國六十九年，一個十七歲的少女，唱著一首歌名很怪的現代詩，由幾個二十多歲的年輕人作曲、編曲、製作。這首歌瞬即紅遍全台灣，大街小巷都在哼唱「這土地我一方來／將八方離去」，儘管大多數人仍然不明白那到底是甚麼意思。

這句其實唱錯了？

一九四〇年代上海歌壇「一代妖姬」白光錄的那些老唱片，如今聽來，仍然令人傾倒。當年那些爵士功底深厚無比的樂師，配上白光那義無反顧、煙視媚行的騷勁、霸氣，曲曲光芒萬丈，後人再難重現。若你以為六、七十年前的老歌肯定思想保守、形式陳舊，請聽聽白光：〈如果沒有你〉、〈狂戀〉、〈莫負今宵〉、〈假正經〉……，我們這時代那些扭扭捏捏唱「小清新」情歌的假文青，連替她提鞋都不配。

李厚襄寫的〈魂縈舊夢〉是白光的不朽名曲，姚蘇蓉、冉肖玲、鳳飛飛、蔡琴也都唱過。白光的原唱錄於一九四八年——那可是亂世啊。國共內戰正酣，次年政權易幟，天翻地覆。每思及此，再聽這首歌，總有繁華落盡、恍若隔世之感：

青春一去，永不重逢
海角天涯，無影無蹤
斷無消息，石榴殷紅
卻偏是昨夜，魂縈舊夢

不過，白光有一處唱錯了：她把「魂縈舊夢」的「縈」唱成了「榮」。多年來，頗有為白光「唱錯發音」緩頰者，提出種種推論，認為白光是以某種鄉音發音，不能算錯云云，但他們都沒讀到白光自己的說法。多年後，有一位記者忍不住問她為甚麼要唱成「魂『榮』舊夢」？白光挑了挑眉，回道：「哦，是嗎？我一直認為那是個『榮』字！」——她自己倒是坦坦蕩蕩。

當年錄音時程很趕，白天拍電影、晚上錄唱片，一切速戰速決。於是從錄音師、樂手到唱片公司同事，都沒有察覺白光唱錯了詞。還好，後來翻唱的歌者倒是都唱對了。

其實「縈」、「榮」之誤不只此例，另一位上海歌姬「銀嗓子」姚莉，在〈舞伴淚痕〉這首歌也把「縈繞」唱成了「榮繞」。當年歌星多半小小年紀就出來走江湖，書讀得不見得多，偶爾犯這樣的錯，是可以理解的。

一九八五年，當時已是歌壇「天后」的潘越雲應邀演唱電視連續劇主題曲〈浮生千山路〉，由大師陳志遠作曲、作家陳幸蕙作詞。陳幸蕙不愧是讀書人，把歷代詩詞巧手剪裁入歌，幾乎無一句無來處，而竟串成了一首意象綿密、情景交融的「集錦」好詞。且看它典麗雅緻的下半闋，是不是「秒殺」如今市面上那些裝模作樣、像是穿了戲服戴了古裝頭套的「中國風」歌詞：

小溪春深處，萬千碧柳蔭
不記來時路，心託明月，誰家今夜扁舟子？
行到水窮處，坐看雲起時
雨淨風恬，人間依舊，細數浮生千萬緒
春遲遲，燕子天涯，草萋萋，少年人老
水悠悠，繁華已過了，人間咫尺千山路

阿潘唱得好極了，但卻有一個問題：她把「雨淨風恬」唱成了「兩淨風恬」。當時錄音師、製作人也都沒注意，等到有人發現這個錯誤，阿潘已經出國，發片在即，根本不可能找她回來重唱這一句。

這個問題說大不大，卻也不能不處理。滾石唱片總經理段鐘潭（在家排行老三，綽號「三毛」）拿著歌詞看了半天，福至心靈，頓生一計：阿潘不能重新唱過，那把印刷版歌詞改一改嘛！「兩淨風恬」當然不通，但「涼淨風恬」怎麼樣？風吹起來涼涼的，很乾淨很舒服，意思也不錯嘛！

於是〈浮生千山路〉從此都唱「涼淨風恬」了。不知道陳幸蕙後來得知此事，是佩服滾石三毛的捷才呢？還是覺得委屈了她精心設計的意境？

類似這樁案例，但卻不是「唱錯歌詞」的「改詞」事件，是張震嶽一九九七年的歌〈把妹〉——阿嶽之前那首得罪全天下家長的〈我要錢〉已有新加坡和中國大陸禁播的紀錄，他仍不改本色，新歌寫了「看到辣妹假裝沒事／褲襠有反應」，這不是找死嘛！但是要阿嶽改成更溫馴的歌詞，又簡直太不rocker了。唱片公司想出妙計：阿嶽唱「褲襠」二字咬字不算重，於是他們把公布版的歌詞改成「酷的有反應」，這樣總該沒問題了吧。雖然「看到辣妹」要如何「酷的有反應」，也實在很費疑猜。

「縈繞」變成「榮繞」、「雨淨」變成「兩淨」，說來都是偶然無心之誤。中文歌詞卻有一「誤」，積非成是，就是把「不能自已」唱成「不能自己」。「已」

是終結、完了之意，「不能自已」即「無法控制自己，情緒激動壓抑不下來」。把「自已」唱成「自己」，意思就不通了。可偏偏遇到這個成語，唱錯的遠比唱對的多得多。

細細探究，歌者雖然嘴裡唱的是「不能自己」，意思多半還是「不能自已」。最有名的例子應該是李宗盛為「娃娃」金智娟寫的〈飄洋過海來看你〉：

在漫天風沙裡望著你遠去，我竟悲傷得「不能自己」
多盼能送君千里，直到山窮水盡，一生和你相依

當然，也有堅持寫對、唱對了的，因為比例很低，尤其顯得珍貴。比方蘇芮的〈慢慢地〉（楊立德、陳克華作詞）：

慢慢地我愛上你，慢慢地不能自已
慢慢地一點點累積，一點點成形
一個甜蜜的奇蹟

又比方莫文蔚的〈午夜前的十分鐘〉（李焯雄作詞）：

放縱記憶像鐵路愈拉愈長
沿著你的氣味，虛構我的方向
不能自已，不停止
你的溫柔敲碎我的堅強偽裝

「不能自已」聽得多了，偶爾居然聽到唱對的「不能自已」，就像按摩摁對了穴道，哎呀那個舒服啊！

二〇一四

請勿槍殺歌手！

集郵有所謂「變體」、「錯體」：那些一時失誤圖樣印反、字樣打錯，或者因應特殊條件只發行了極少量的限定版郵票，是最搶手的蒐藏珍品。唱片的世界也有「變體」和「錯體」，有些確實一時不察，有些卻是出於無奈，不得不「變」。

話說從頭：你可能聽說過，當年出唱片，是要送審的。一九四九年到一九七三年，歌曲審查的主管機關是台灣警備總司令部（以及它的前身，保安司令部、軍管區司令部），光這幾個機關名稱，就透出來一股肅殺之氣。一九七三年以後，歌曲審查大權轉移到新聞局——請你找出爸媽抽屜裡那些蒙灰塵的老錄音帶，若是九〇年代以前出品，曲名後面通常會跟著一行「審第〇〇次通過」字樣，那是「新聞局歌曲審查會議通過，准予發行」的意思。

從一九七三年到一九八七年底，新聞局總共召開三百二十次「審歌會」，審歌兩萬餘首，不通過者三千多首，約佔六分之一，也就是每張唱片平均有兩首歌送審不過——那年頭，德高望重的歌曲審查委員（真想知道是哪些人）一定非常看重這份工作，認為流行歌曲繫乎民心所向，一言既能「興邦」，一曲也會「喪邦」，於是寧可錯殺，不能輕縱。舉凡有沾染「紅黑黃灰」嫌疑者，斃之而無憾：「紅」是「為匪宣傳」、「與匪唱和」（比如提到「紅紅的太陽」，就會被懷疑與紅衛兵隔海呼應，歌頌毛主席），「黑」是暴力血腥，「黃」是淫穢不雅（高凌風只不過唱唱「姑娘的酒渦笑笑」就被禁了），「灰」是消極頹唐（比方不准唱「自悲自歎歹命人」，要有「正面陽光」取向）……。

新聞局的審歌業務分成兩邊：「廣電處」掌管媒體播送，「出版處」掌管市場發行，前者的尺度往往比後者嚴格，也就是說有的唱片「可以公開發行，但不能公開播放」。問題是出了唱片卻不能公開打歌，還搞個屁啊！所謂「公播版」應運而生，即是專門為了電視電台播出而「局部修改」的「淨化」版本。

「淨化版」歌曲並非台灣獨有：英美歌曲遇有粗口的段落，往往也會專門為媒體準備「淨化版」，每到關鍵處便讓歌手暫時「靜音」。不過，台灣的「淨化版」要複雜多了，你得把審查不通過的那些歌詞全部重寫一遍。這些「淨化版」

專供媒體播出，市面上買不到，多年後竟然也和「變體郵票」一樣，成為收藏家眼中的珍物。

黑衣青年時代的羅大佑，和審查制度周旋久矣，苦矣。他的首張專輯《之乎者也》唱道：「風花雪月之，嘩啦啦啦乎／所謂民歌者，是否如此也」，大概是調侃王夢麟〈雨中即景〉的「嘩啦啦啦啦下雨了……」，不過這段歌詞原本寫的還要更凶狠：

歌曲審查之
通不通過乎
歌曲通過者
翻版盜印也

當然，這段詞送審出版處、廣電處都沒通過，我們熟悉的還是「嘩啦啦啦」版。倒是有一個演唱「歌曲審查之」的原詞版，留在了極珍罕的海外版《羅大佑作品選》專輯。

一九八三年，羅大佑寫下了諷喻台灣社會現狀的〈現象七十二變〉，唱了這麼一句：

有人在大白天裡彼此明爭暗鬥
有人在黑夜之中槍殺歌手

或云「槍殺歌手」說的是一九八〇年底殞命的約翰藍儂，但其實他講的是一九八三年四月高凌風遭槍擊案：高凌風因為作秀檔期問題得罪黑道，挨槍而僥倖不死，之後買槍自保被查獲，又被警察抓去關了三個月，是當年轟動全台的新聞。「槍殺歌手」觸犯了審查委員的「黑色」禁忌，唱片公司只好請羅大佑重新錄了「淨化版」，把「槍殺歌手」改成「借酒澆愁」。不過這次出版處大發慈悲，市面上的唱片仍然是「槍殺歌手」，「借酒澆愁」的〈現象七十二變〉，遂成「變體」珍品。

記得羅大佑憋不住這口氣，在報上寫了篇題為〈請勿槍殺歌手〉的文章，細訴箇中委屈，還說他若要曲意討好那些委員，是不是乾脆寫「有人在黑夜之中投奔自由」得了？——大佑畢竟不愧是大佑，三種版本的歌詞都押在韻上。

不許胡搞瞎搞！

一九七八年，高凌風出版曠世名作〈姑娘的酒渦〉，由周燕蘭作詞、岳勳作曲：

笑笑，笑笑，姑娘的酒渦，笑笑……
鄉下的農舍有位姑娘長得俏，她有位情郎住在對面半山腰
園裡的香蕉樹上結滿了香蕉，姑娘嘛想起豐收酒渦更美妙！
遠遠地傳來一陣歡欣的歌謠，籮籮的香蕉堆得像山一樣高
情郎他賣了香蕉要請大花轎，嘿姑娘嘛想起佳期酒渦更美妙！

〈姑娘的酒渦〉錄音極其厲害，和高凌風同時期的歌〈忍耐〉、〈泡菜〉一樣，

都是我心目中台灣搖滾史「歌詞與歌曲形式脫鉤」的代表作。儘管歌詞詼諧而近乎無厘頭，曲式卻展現了樂手老辣凌厲的功力。這首歌若放在歐美流行樂的脈絡，大抵會被歸在所謂novelty song（幽默歌、搞笑歌）。照我們這兒的說法，有叫「怪歌」的、還有叫「歪歌」的，當然，後者多了些不正經的意思。

歌裡那位種香蕉的情郎，若是在六〇年代，確實可能累積可觀的家底。早年台灣外匯收入，足足有三分之一要靠香蕉出口，旗山的蕉農有不少人成了大富翁。不過到了七〇年代，不敵菲律賓與中南美洲蕉農企業化大規模經營，台灣香蕉外銷榮景不再，種香蕉的小哥要再請花轎抬姑娘回家，代價辛苦得多了。當然，「香蕉」和「花轎」、「佳期」擺在一起，也可能引起香豔的聯想，在戒嚴時代，這樣的歌詞已經足以讓衛道人士大皺眉頭了。

〈姑娘的酒渦〉發行之後，瞬間紅遍全台灣，連小朋友都一天到晚念咒似地「笑笑，笑笑」。很快，新聞局通令禁播此曲——倒不是「香蕉」犯了甚麼忌諱，而是和聲怪聲怪氣反覆唱的那幾句出了問題，有人檢舉說它唱的是「胡搞瞎搞、胡搞瞎搞……」。這還得了，復興基地物阜民豐、萬眾一心，豈容有心份子「胡搞瞎搞」？禁！

老實說，高凌風這首歌歪裡歪氣，怎麼都稱不上無辜純潔。但是以「胡搞瞎搞」扣它帽子，實在冤枉。這「胡搞瞎搞」原非他所發明，而是從洋人那兒借來的：

一九五九年，美國歌手強尼普萊斯頓（Johnny Preston）唱紅了一首叫〈跑熊〉（Running Bear）的歌，描述印第安少年「跑熊」和少女「小白鴿」的悲戀故事。它的和聲胡亂模仿印第安人口氣反覆唱「嗚狗嗚狗」，若是擱在如今，肯定會被貼上冒犯人的「政治不正確」標籤，但當年這首歌拿下了三週排行冠軍。

一九七一年，歌手強納珊金（Jonathan King）翻唱了一九六八年比傑湯瑪斯（B. J. Thomas）的歌〈忘不了的感覺〉（Hooked on a Feeling），把原曲改頭換面，加上了「嗚嘎恰嘎、嗚嘎恰嘎」的和聲，靈感極可能來自十二年前那首〈跑熊〉，只不過把「嗚狗嗚狗」略作變化，延伸加強。當然，「嗚狗嗚狗」和「嗚嘎恰嘎」，都是毫無意義的音節。

一九七四年，來自瑞典的樂團「藍色瑞典人」（Blue Swede）翻唱〈忘不了的感覺〉，以強納珊金的版本為基礎，把「嗚嘎恰嘎」唱得簡直是魔幻穿腦，過耳難忘。這個團總共也只紅了這麼一首歌，可以說他們是把「嗚嘎恰嘎」推到流行音樂聽眾集體記憶的功臣。後來此曲迭經翻唱，連曾經飾演「霹靂遊俠李麥克」男主角的大衛赫索霍夫（David Hasselhoff）也錄過一個搞笑版。

七〇年代，台灣接收歐美流行文化總有一段「時間差」，資訊來源也相對有限。於是在「原產地」過季的商品，到了我們這兒還是挺新鮮的。高凌風始終樂於翻唱、翻玩西方流行歌的那些「哏」，他把四年前國外紅過一陣子的「嗚嘎恰嘎」放進〈姑娘的酒渦〉，只是挪用一下異國風情的趣味，真的和「胡搞瞎搞」扯不上邊。

不過，和新聞局的歌曲審查委員解釋這些，也是注定枉然。一旦你說它是「胡搞瞎搞」，千千萬萬聽眾就真的聽到了「胡搞瞎搞」。高凌風只好「從善如流」，發行〈姑娘的酒渦〉新版，把爭議的「嗚嘎恰嘎」（胡搞瞎搞）和聲通通拿掉了。甚至他後來還應景地唱了一個〈姑娘的酒渦〉新年版：

遠遠地傳來一陣鑼鼓青咚鏘，籮籮的香蕉堆得滿屋又滿倉
情郎他新年裡來要請大花轎，姑娘她想起新年酒渦就微笑

這首歌沉墜的貝斯、麻烈的電吉他、火花四濺的鼓、極其囂張的銅管，在在堪稱台產搖滾的經典。說真的，即使過了這麼多年，當今那些自命不凡的獨立樂團，恐怕還是錄不出如此拳拳到位、爐火純青的搖滾。不過當年有誰在乎過這些

呢？高凌風，這位台灣搖滾的前行者，畢生被社會目為novelty act，而那些在台灣搖滾洪荒時代便展現深不見底的功力、簡直如武俠人物的伴奏樂手，在多數人眼裡，也不過「胡搞瞎搞」一場而已。

二〇一三

我的家鄉沒有霓虹燈

曾幾何時，霓虹燈也少見了。曾經佔據鬧區街景的，一條條玻璃管並排拼成的霓虹燈牌，漸漸換成了ＬＥＤ大螢幕。還留著霓虹燈店招，甚或用它妝點內場的，多少是帶著點兒懷舊風情的餐廳、夜店和酒館了。

然而，多年以前，熾亮的霓虹燈曾經映照著無數繁華都市紙醉金迷的夜晚。它象徵大都會的文明生活，也暗示都市暗夜的世故與風塵。霓虹燈，曾經是流行歌詞要表現都市之繁華或墮落最方便的象徵。

中文流行歌裡最著名的霓虹燈，首推羅大佑的〈鹿港小鎮〉。這首歌的男主角，一個懷抱著「黃金天堂」的夢想、從鹿港到台北打拚的小伙子，屢遭挫折、飽經幻滅，想起故鄉久別的父母和情人，不禁憤憤唱道：

那年頭若要見識「台北的霓虹燈」，最好的地點是西門町的天橋。中華商場還沒拆，鐵路還沒地下化，台北車站新站還沒蓋，現在西門町捷運站所在的廣場，是大大的火車平交道，和連起中華商場與對面樓房的天橋。每到週末，天橋上擠滿行人和販賣各種小玩意的攤販，自成熱鬧的市集。

入夜之後，一個個電影院看板和鑲在牆面、架在樓頂的各色霓虹燈廣告同時亮起，那是全台灣最最燦爛繁華的都市夜景。最壯觀的霓虹燈是「National國際牌」，那是四面圍成的一個超巨大燈箱。與我同齡的小說家吳明益在中華商場長大，他曾寫下這段描述：

> 非常厲害的是那個霓虹燈會先從下邊一圈一圈細細的白色往上亮，接著亮起比較寬一點的紅色區塊，在整個霓虹燈都亮了以後，會層層往下逐漸熄滅，霓虹燈於是像隱身在夜色裡。然後突然之間，全部燈光會快速地閃兩次，彷彿雷雨將至的閃電。這在當時的台北市，一定是最炫的廣告吧。
>
> ——〈流光似水〉（《天橋上的魔術師》，二〇四頁）

一定有許多初從外地來到台北求學工作的「新住民」，在匆匆走過天橋的半途駐足，望著那一閃一閃的霓虹燈，想著爍爍如金的夢。

我猜羅大佑應該常常往西門町跑。他在一九八三年的〈現象七十二變〉就唱到了天橋：

在西門町的天橋上面閒逛，有多少文明人在人行道上
就像我看到文明車輛橫衝直撞，我不懂大家心中作何感想

〈鹿港小鎮〉讓羅大佑一炮而紅，「我的家鄉沒有霓虹燈」唱遍全台灣，霓虹燈一下子變成了都市文明過度發展的罪惡象徵。當年歌曲檢查制度嚴密得很，新聞局廣電處或許認為「台北不是我的家」有「挑撥國民情感」嫌疑，送審不過，羅大佑只好為電台打歌另錄了一個「淨化版」，把歌裡「台北」都改成「這裡」：「這裡不是我想像的黃金天堂」、「這裡不是我的家，我的家鄉沒有霓虹燈」。這個「淨化版」僅有電台試聽片收錄，如今也算珍稀史料了。

仔細想想，當年的審查委員簡直腦子進水——若照他們的思維，從「台北

不是我的家」到「這裡不是我的家」，豈非從「挑撥國民情感」上升到「分裂國土」了嗎？唉呀！

過了一年，霓虹燈又在另一位黑衣搖滾客的歌裡閃現。同樣的幻滅情緒，同樣感歎過度膨脹的都市文明：一九八三年，蘇芮擔綱電影《搭錯車》原聲帶主唱，主題曲〈一樣的月光〉讓她坐上了搖滾天后的寶座：

甚麼時候蛙鳴蟬聲都成了記憶
甚麼時候家鄉變得如此的擁擠
高樓大廈到處聳立
七彩霓虹把夜空染得如此的俗氣

你看，那年頭文青真的看霓虹燈很不順眼。這首歌由專輯製作人李壽全作曲，吳念真和羅大佑並列作詞人。你或許會以為這兩句也是羅大佑寫的，他本來就討厭霓虹燈嘛——非也。話說當時吳念真的歌詞拖很久纔交來草稿，全篇獨欠一句，但拍片錄音在即，李壽全只好請剛好在場的羅大佑幫忙。大佑尋思片刻，便補上了這一句：「人潮的擁擠，拉開了我們的距離」——確實滿有羅大佑的氣質。

〈鹿港小鎮〉和〈一樣的月光〉先後捧紅了羅大佑和蘇芮，也讓「滾石」和「飛碟」這兩個新興唱片品牌拿穩了市場和口碑，漸漸茁壯，變成兩大山頭。這兩股「黑色旋風」挾著洶洶的搖滾大浪而來，但究其歌詞精神，卻是溫情和懷舊的。在急速工業化、都市化的時代，推土機抹平了許多「老台灣」的痕跡，大環境的驟變和「小我」的成長與幻滅疊合，於是文藝青年哀歎老台灣之不存，也是在傷悼自己一去不回的青春。這樣的感慨，〈一樣的月光〉總結得最準確、也最殘酷：

> 誰能告訴我，誰能告訴我
> 是我們改變了世界，還是世界改變了我和你？

西門町的天橋和國際牌霓虹燈早就不在了，這個問句卻還是狠狠扣擊在你我心坎上。

二〇一三

目擊陳昇和伍佰的第一次

二〇一二年，伍佰在台北小巨蛋辦了出道二十週年演唱會，極是轟動。最末的安可曲是伍佰邀陳昇同台合唱〈愛你一萬年〉，伍佰還說：「這個團（伍佰的China Blue）組第二年就被昇哥拿去用了！」——確實，九〇年代初陳昇在酒吧走唱，並沒有自己的伴奏班底，常和China Blue同台。陳昇經常喝得爛醉，唱到不知伊於胡底，往往得勞動酒館老闆上去苦勸，他纔願意下來。有一次陳昇唱得嚴重超時，耽擱了後面上場的重金屬樂團「刺客」，「刺客」不爽之餘向台上比了比中指，伴奏的伍佰和China Blue這下歌也不彈了，衝下去和「刺客」打群架，樂器踢翻一地，雙方都掛了彩。這一場架，後來在眾人口中屢經渲染，成為台灣搖滾史的經典一役。

那場大群架，我也是聽別人說的。不過，伍佰和陳昇第一次合作，我倒是當了見證人：一九九二年他倆初次一塊兒進錄音室，那天我也在現場。

那年我剛升上大四。九〇年代初，台灣還瀰漫著一股「後解嚴」的狂歡氣氛，文化人不只在各個創作領域勇猛突進，也紛紛提出新鮮的語言和論述，試圖解釋我們身處的時代。流行音樂漸漸可以不只是「綜藝娛樂」，也能成為思想的載體、啟蒙的火種。我的耳朵從六、七〇年代的西方老搖滾轉向當時百花齊放的本土創作歌曲，愈聽愈激動，有一股「生逢其時」、碰上了歷史轉捩點的興奮。我和一塊兒編刊物的社團同學策劃探討台灣流行音樂的專題，認為坐在家裡聽錄音帶、憑空論說是不夠的，一定要親自到現場，弄明白唱片是怎麼做出來的，纔能對這個行業進行「深描」——那是剛從囫圇讀的「文化研究」書裡學到的詞（那年頭，每個自詡先進的文藝青年都抱著「文化研究」四個字不放）：大意是不僅僅描述浮淺的表象，也要能深入描繪現象背後的脈絡和細節。一旦描寫得夠深入，意義自然彰顯。

我拜託相熟的長輩安排一次錄音室「見習」，過了一陣子，他通知我某日某時到某錄音室報到：伍佰要錄新歌，他打過招呼，想我會有興趣去看看。

豈止有興趣，伍佰那時已經是我的偶像。他之前參與的《少年吔，安啦！》電影原聲帶和剛剛發行的第一張專輯《愛上別人是快樂的事》，儘管沒能讓他大紅大紫，卻是我那年反覆播放的究極愛盤。他和剛剛成軍的China Blue在羅斯福路和平東路口「息壤」駐唱，我攢下零用錢去看了好幾回，在菸霧汗味瀰漫的地下室跟爆滿的酒客一塊兒敲著啤酒瓶吼唱〈思念親像一條河〉。他那首〈點菸〉深黑濃烈的電吉他獨奏，早已躍升我心目中台灣搖滾史最偉大的器樂段落。

於是我揹著一台Nikon相機，準時奔赴錄音室。伍佰和貝斯手小朱、鍵盤手大貓、鼓手Dino陸續抵達，很快進入工作狀態。小朱彈一把半空心電貝斯，他說是偶然以極低價錢入手的老琴，聲底有股老火味。伍佰那時還是戴眼鏡綁馬尾的造型，他帶來一把黑色Telecaster，說彈〈點菸〉就是用這把琴，我很努力抑制自己伸手摸它一把的衝動。

那天要錄的歌是〈可愛的馬〉，一首翻唱日本演歌的老台語歌。伍佰當時已經在實驗改編舊曲，酒吧駐唱時經常把五、六〇年代的老歌玩成狂肆的搖滾，總能讓全場瘋狂。〈可愛的馬〉原曲是三橋美智也一九六〇年的名曲〈達者でナ〉，一首描寫主人忍痛賣掉愛馬、離情依依的悲歌。一九六〇年除夕，三橋美智也在ＮＨＫ「紅白歌合戰」擔綱壓軸唱的就是這首歌。葉俊麟為它填上台語詞，交給郭金發、林春福合唱，〈可愛的馬〉很快成為那年頭日本曲配台語詞的經典「混血歌」之一。

聽說陳昇也會來，卻始終不見他的蹤影，伍佰便和團員先練起了歌。他設想的版本節奏比原始版更快，一如他把老台語歌〈秋風夜雨〉改編成快板的重搖滾。伍佰事先編了伴奏的合成器聲軌，輕捷的節奏帶著拍掌的聲效，他對這個設計很得意。編曲都就位了，只等陳昇一到，拉進去和伍佰配唱，這首歌就大功告成了。

苦等多時，陳昇終於到了。他比伍佰整整大十歲，當時三十四歲，China Blue人人尊稱他「老師」。前一年〈把悲傷留給自己〉總算讓陳昇初嚐「走紅」滋味，然而他仍然只能算是「主流樂壇的邊緣人」。他剛和黃連煜合組「新寶島康樂隊」，替「後解嚴」時代「新母語歌謠」大潮又添了一張經典專輯。把他找來和伍佰一塊兒唱一首改編成搖滾曲的老台語歌，確實是個挺不賴的主意。

陳昇很快掌握全局，擔任起製作人的角色。伍佰殫精竭慮製作的合成器聲軌和事先設想的編曲佈局，纔五分鐘就被整個推翻了。陳昇指揮Dino，要他打得更慢、再慢、還要慢，然後吩咐小朱的貝斯跟著鼓點鋪出濃重的線條。他先聽一聽，再這邊調一調、那邊改一改，讓樂手彈了一遍又一遍。邊聽邊想，心隨聲走，漸漸地，整個編曲隨著他的指揮長出了全新的模樣：徐緩、深沉，像一條夢中暗暗流動的河。

一九九三年，我揹著一部Nikon F3相機，拍了兩捲底片，記錄了伍佰和陳昇初次合作的現場。

輪到主唱，陳昇進小房間試唱。正要開唱，他說怎麼可以沒酒，叫人去買，很快錄音間便有了好幾瓶高粱。陳昇用小茶杯裝了酒，叫全體團員包括錄音師都一一乾了，再斟滿，再喝，再唱，如是者好幾輪。很快地，大家的臉和眼睛都紅了，站著坐著也都不大穩了，彈奏樂器的拘謹和「專業自覺」，也都漸漸鬆開了。大貓把鍵盤調成電風琴的音色，彈出了夾沙帶泥的嘶嚎。伍佰揹起那柄黑色Telecaster，吉他導線直入音控台錄獨奏。只見他左手在琴頸上下滑行、猛力推弦，監聽喇叭便傳出極其凶狠獰厲、直入雲霄的嘯吼——我在旁邊看著，目瞪口呆，滿心狂喜，宛如置身天堂。

原本預計傍晚結束的錄音，延長到了深夜。陳昇手上的酒杯沒有空過，興致也愈來愈高昂。他讓大貓改彈平台鋼琴，告訴他：要「像一個一輩子都在當小學音樂老師的鋼琴神童那樣彈」。大貓也喝多了，他彈得還真是不辱使命。等伍佰和陳昇進錄音室正式配唱，陳昇比手畫腳地吩咐：「手摸著心愛的馬唷／不覺珠淚滴」，一定要唱得手上感覺到馬屁股的毛纔行。

最後陳昇把所有人，包括錄音師都叫進去唱和聲，幾番折騰，終於大功告成。大家圍在音控台，聽錄音師重播整首歌——那還是類比錄音時代，多軌錄音母帶是很寬的一大盤磁帶，橫躺在巨大的錄音機上轉呀轉。我們的製作人陳昇，則也已經醉得平躺在地上，監聽喇叭唱著，他雙眼直勾勾盯著天花板。聽完整首歌，他大喝道：「幹！爽！比做愛還爽！」

外面天色已亮，這首歌從開錄到完工，總共花了十六個小時。伍佰和團員畢恭畢敬向「陳昇老師」道謝，說今天學到很多。陳昇瞥到杵在一邊的我，舉杯說：「來，年輕人，也喝一杯吧，既然你一直在這裡。」那是我那天喝的唯一一口酒。從頭到尾，他都不知道也不介意我是誰、在那兒幹嘛。

後來我纔知道，那一夜目睹的「一首歌的誕生」，壓根兒就不是音樂產業的標準作業流程。大概只有陳昇，纔會用這種臨場即興的方式製作唱片。大概也只有伍佰和China Blue，纔能在初次合作的第一夜，就被他逼出那樣的狀態吧。

十幾年之後，我在廣播節目訪問伍佰，播了〈可愛的馬〉——事隔多年，這首歌聽來依舊酣暢淋漓。我提起他和陳昇初次合作的那一夜，以為伍佰會感謝陳昇的啟發。伍佰卻說：那天他花好大工夫纔做好的編曲，一下就被陳昇弄掉了，害他不爽到現在！

二〇一二

輯四

以歌築城

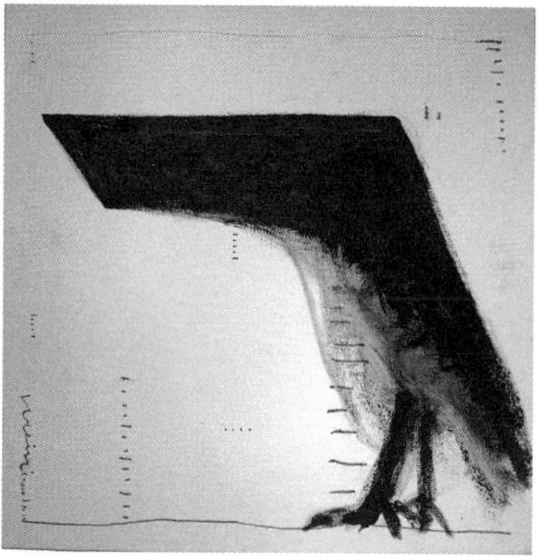

生平買了最多卡帶那一天

六〇年代以降，西洋流行歌曲橫掃全球，極受年輕人追捧，台灣自然也在風行草偃之列。然而，只有極少數人有緣摸到「原裝進口」的唱片，電台節目播放的範圍也總是有限（比方「美軍電台」好則好矣，帶有反戰、反體制意味或迷幻暗示的歌曲還是不大可能播出的）。既然需求遠大於供給，利之所趨，商人遂引進翻刻，來者不拒，品類繁多，價格廉宜，讓台灣青年的音樂品味不至於與西方世界過度脫鉤。

直到八〇年代中期，台灣的西洋唱片市場都是「翻版」的天下。為何說「翻版」而非「盜版」？其實當年台灣法律也沒有針對海外出版品的著作權保障，「翻製」未必觸犯法條，人人可做，各憑本事而已。必須承認：幾十年來，「翻版」實在是普及西洋流行文化「教養」的功臣。

七〇年代的台灣翻版唱片，依等級有A版、B版、C版之分，品質最劣、價格最廉的稱為「C版」，外套是軟塑膠袋裹薄紙，還經常「廢物利用」，拿賣不完的封套反過來印上新封面。「C版」曾是市面最常見的版本，我小時候家中架上仍有許多，都是母親的收藏，後來大掃除扔光了。如今想想是有點兒可惜，倒不是心疼它們的有形價值——「C版」唱片即使到今天也不值錢，而是從中可以還原許多文化史、生活史的細節。比方當年的壓片工廠多在中和、三重一帶，電話還只有六碼。「黑膠唱片」不一定是黑的，也有紅黃藍色，中央的圓標偶有歌名漢譯，語感充滿時代趣味，比方〈Light My Fire〉譯成〈借火〉、〈Don't Let Me Down〉譯成〈別叫我坐下〉……。

「B版」品質略勝「C版」，一說「B版」唱片外套改用硬紙板，壓片品管稍佳，不像「C版」往往新拆封已有「炒豆聲」，但也有前輩逕以「B版」稱呼軟皮翻版者。「A版」則是翻版的最高級，號稱音質、印刷直逼原版，售價也最貴。後來更衍生出「超A版」，原版若有雙開式印刷、內頁附冊之類，悉數原樣照做。後來中國大陸賣碟有所謂「仿真版CD」，庶幾近之。

台灣引進西洋唱片的「翻版」時代為期數十年，我輩人只趕上了它的尾巴。到我上中學的八〇年代中期，「B版」、「C版」大致絕跡，翻版都是幾可亂真的「A版」，一張黑膠唱片總得八十塊左右，稀罕的往往賣到一百以上，並不比正版便宜到哪裡去。常見的翻版廠牌有「雅音」、「拍譜」、「小雅」、「震撼」、「NOVA」等等，我平生買的第一張黑膠唱片，平克弗洛伊的《月之暗面》（The Dark Side of the Moon），便是「雅音」翻版。內頁附冊銅版紙精印，黑底套綠，風格十分強烈。十幾年後買到正版纔知道原版內頁是全彩印刷，而非一直以為的黑綠雙色。可見「雅音」的美術編輯（如果真有這個職務的話）實在是很有品味的。

當年也有翻版廠牌「棄暗投明」改做正版，甚至投身國語唱片市場。最好的例子，或許是以Hot Line之類排行金曲拼盤專輯起家的「拍譜」。他們做翻版賺夠了錢，轉而投資發行國語唱片，一度是李宗盛、李亞明、薛岳、鄭怡、侯德健、齊豫的唱作基地。

隨著經濟條件發展，「翻版」生意終會面臨「合法化」的壓力。八〇年代開始，台灣唱片公司紛紛取得合法代理西洋廠牌的權利，推出正式授權的「台壓版」卡帶和黑膠唱片，「盜版」與「翻版」在「合法代理版」大軍壓境之下，遭逢好幾波取締，逐漸轉入地下。當年，「滾石」代理EMI、「飛碟」代理WEA、後來叫「齊飛」的「金聲」代理PolyGram、「喜瑪拉雅」代理CBS、

「福茂」代理Decca、「上揚」代理RCA，連獨立小廠「水晶」也代理了英國獨立廠牌Rough Trade。我輩樂迷的舊家書桌抽屜裡，多少都還留著一些這類同時印著土洋商標的錄音帶吧。

那時，代理廠牌頗有野心宏大的企劃，有系統地引導樂迷一窺堂奧。當年我「專攻」的代理版卡帶，攢了零用錢便要買一兩捲回家的，依印刷色系區分，主要有滾石出版的黑底銀字Masterpiece系列，那是樂史經典專輯，另有紅底或藍底銀字藝人系列，是按音樂人名編纂的精選輯。齊飛的搖滾經典系列是黑底黃字，飛碟的卡帶則不分新舊專輯一律銀色側標。我在書桌前用卡帶「砌牆」，這些顏色的磚瓦最多。

八〇年代末，台灣唱片市場迅速成長，動輒幾十萬張的銷售數字引起國際唱片集團的注意。他們很快直接介入台灣這塊新興市場，投入巨資購併在地品牌，開設分公司，挖角幕前幕後人才。國際唱片集團直接進入台灣，是值得大書特書的歷史事件，不過對我們這些聽搖滾的小毛頭來說，這件事帶來的第一波震撼，是一場史無前例的大搶購。

一九八八年，好幾家代理國外廠牌的本土公司授權到期，庫存的幾千幾萬捲卡帶都必須限期清倉，光華商場的唱片行貼出「每捲二十元」的出清折扣，等於打兩折！這樣的好事真是連作夢都夢不到。我的哥們兒ＳＲ跑到校刊社來通報這件大事。這則消息正野火燎原，傳遍全台北的樂迷圈子。稍有遲疑，好貨很快將被一掃而空，我們便只剩「撿菜尾」的份兒了。ＳＲ當機立斷，認為不能搭公車慢慢晃到現場，必須借一台摩托車，發揮搶運重症病患的效率，纔能搶得先機。

ＳＲ比我大幾個月，那時剛滿十八，估計已經考了摩托車駕照。他和班上一位「大哥」借來了車——我們文組班上總有幾位「社會化」十分深沉的江湖人物，和外面的「大人世界」有著神秘的牽連。他們雖是同齡的第一志願高中生，但光憑樣貌和日常表現，實在難以猜測當初他們是怎麼考進這所學校的。「大哥」們上課瞌睡、翹課哈菸，偶爾和外校生打群架，甚至幹出勒索霸凌之類惡事。但對同班的「乖學生」大致井水不犯河水，同學需要照應的時候也很講義氣。這天，ＳＲ大概是以香菸為謝禮，借到了大哥的車。

車載兩人為限，另一位校刊社的樂痴，聆聽功力深不可測的Ｊ，為了搶時間，乾脆招了輛計程車過去——Ｊ在我們眼中是家境頗富的公子，我們在「麵食部」點餐向來都吃十二塊的牛肉湯麵或陽春麵，加兩塊錢高麗菜、四塊錢豆皮，他老兄竟然吃四十塊的牛肉麵！連掌杓阿伯都不免多看他一眼——因為那貴而難吃的牛肉，願意點去吃的實在沒有幾人。我們這些吃十八塊陽春麵的倒也不是真有多麼窮，但都同意與其買那貴又難吃的牛肉麵，還不如多花十塊去隔壁「包子部」買兩個蘸著辣醬油的蘿蔔餡兒包子呢！至於J，大約是懶得費那個事，也不介意花那個錢的。

所以，J會坐計程車去買特價卡帶，也是可以理解的。我們反正有各種理由請公假合法翹課，傍晚天色還亮，大家還在上倒數第二堂課吧，我們已經上路直奔光華商場了。

不出所料，商場的唱片行早已擠滿了搶便宜的樂迷。許多清倉貨來不及上架，紙箱乾脆直接排到地上，樂迷站的站、蹲的蹲，我們幾乎無處下腳。驟然面對滿地滿牆壓根兒沒聽過看起來卻都很厲害的音樂，一下子都買得起了，不禁生出滄浪浩渺的無力感。努力鎮定心情，睜大眼睛一排排讀下來，發現我原本以為會看到的那些熟悉名字若非不在特價之列，就是早被搶光。剩下的未必不好，只是多半沒有聽過，只能一一拿出來讀側標介紹，猶豫再三，不知從何下手。

我和SR都面臨類似的窘境，雖說一捲二十真夠便宜，也不可能通通掃回家。我們謹慎地從架上摳下一捲，翻過背來讀側標，沉吟一陣，又放回去。接著想：不就是二十元嘛！又把它摳下來抱在懷裡。於是心情愈放愈開，凡是貌似有點兒意思的就都要了。最後，我們兩人總共結賬四、五十捲卡帶，多半是懷著「押寶」心情買下的陌生專輯。論及買唱片，那是我們這輩子空前豪壯的大手筆，簡直近乎「失心瘋」了。

然而J的買法跟我們不一樣。他和店家要了空紙箱，目光掃過貨架，眼明手快、迅速確實地摘下他需要的品項，並不浪費時間讀側標，很快就裝滿了一整箱，箱蓋都闔不上了，最後得把滿出來的卡帶另外拿塑膠袋盛起來。

J的東西太多，想想父親也該下班了，便打公用電話請他父親從公司開車過來接他。我們各自抱著戰利品在商場外陪他等車，當J的父親見到兒子抱著整箱的卡帶，並沒有露出絲毫異常的神色。老實說，直到現在，我仍難以具體估計當時十七歲的J的聆聽功力，只能說以我當年瘋聽的投入程度，仍提不出任何他沒聽過的歌、問出他無法回答的問題。這麼多年過去了，同代人之中，我仍未認識比他更深不可測的樂迷。

我和SR一面對J的採購氣魄嗟歎不已，一面走回停車場牽車。卡帶買得太多，書包都裝不下了，只能分出一些塞到摩托車把手下方的置物空間。SR找出鑰匙，轉開那扇小門，霎時頓住，然後說：「裡面已經有東西了」。

我伸頭去看，只見兩個深色紙盒。我問他那是甚麼，SR說：「保險套。」

然後很快把門關上鎖好，彷彿偷窺了危險的隱私。

一路回去，兩人都沒有太多話說。世界好大、好複雜，充滿了可望而不可即的物事。我們各自揹著鼓鼓囊囊的書包，跨在摩托車上，思緒翻騰。

那天買的卡帶，我花了好長時間都沒聽完，貪便宜買來的東西，果然比較不知珍惜。其中有幾捲，甚至直到現在都沒拆封呢。

二〇一一

一萬塊一張CD

所謂「發燒片」、「發燒音響」，說的是音質特別講究的音樂軟硬體。殷殷追求這種講究的玩家，自然就是「發燒友」了。

在我等經濟實力與時間精力均遠不足以支應的樂迷眼中，「發燒世界」是幽深奧秘的異次元宇宙，充滿了只可意會而近乎於禪的詞句：「低頻Q軟而不鬆」、「中頻緊實而不生硬」之類既無標準亦無法測量的玄奧說法，都是常態。「發燒圈」最經典的套語，大概是頂尖揚聲器應當能聽出弦樂的「松香味」——這以嗅覺形容聽覺的妙喻，常被「非燒友」引來調侃。此外，音響廣告常有「聽出耳油」一類形容，大抵是舊時從香港傳來的誇飾法。我有時也會想：到底甚麼樣的音樂，值得你我為它流一汪「耳油」呢？

少年時，曾到一位長輩家中作客。他是望重四方的名醫，牆上掛了不少博物館等級的真跡。地下室闢做試聽間，擺了一對比人還高、像兩堵牆豎著的靜電喇叭。線材皆粗壯黝黑，如蟒蛇橫臥於地。前後級擴大機、黑膠唱盤、CD機，無一不龐大沉重，面目陰鷙。即使真有賊人闖空門，大概也是搬不動的。那天長輩招待我們聽了幾張唱片，印象最深的是一張發燒「測試片」，裡面收錄了校準音響部件所需的各種聲效。他特別選播其中一曲，很短，內容簡單扼要：一只玻璃杯「嘩鏘」摔碎在地上。他反覆播了好幾次，並且得意地問我們：可曾聽出這玻璃杯摔碎的方位，在右前方三公尺處？可曾聽到一塊碎片由右往左彈跳的脆響？

我倒不至於輕薄地以為長輩花費相當於一隊進口車的資本打造這套發燒系統，只是為了原音重現摔碎玻璃杯的實況——若是那樣，未免也太不划算，還不如買幾百只玻璃杯，每天現摔現聽。但我也暗自狐疑：一旦「發燒」到一定的份兒上，「音樂」與「音響」究竟孰輕孰重？

《音樂與音響》雜誌創辦人張繼高先生雖有名言「音響只是手段，音樂纔是目的」，他也曾形容暗夜中看著「真空管頂上那點點橘紅燈絲……溫婉有光，直覺上它散發出來的音樂，都是一種溫存、一種美、一種風韻、一種感激。」——你看，戀物、發燒，也是需要教養的。

幾年前，我接到音響展覽活動的講演邀約。我的講題是「我的搖滾發燒片」——任何門派的樂迷，都有屬於自己的「發燒」定義，我雖沒有玩「發燒音響」的資本，卻很可以聊聊某些唱片在錄音、編曲、音場處理各方面的巧思。當然，定這個題目另有私心，便是期待主辦單位能藉地利之便，借一組我死也不可能供在家裡的超級「發燒」音響，放放我那些聽熟了的唱片，讓我好好過把癮。

可惜事與願違，那次講演的音響器材，幾乎是我這些年走江湖所見規格最陽春的一組——連那到底算不算「音響」都十分可疑——一只擺在地上的手提式擴音喇叭，補習班常見的那種。那喇叭功率稍弱，音量略略扭大，便會竄出嗶嗶剝剝的雜訊和回授嘯聲。我的ＣＤ透過那只喇叭播放出來，高中低頻或許都還在，只是通通黏成一氣，糊爛難解——總之，我得在全台灣「發燒音響」最密集的展覽現場，用一只補習班擴音喇叭講兩小時的「搖滾發燒片」。

我只能急中生智，改變策略，反向切入：話說五、六〇年代，我們的長輩還是青少年的時候，用電晶體收音機和手提唱機聽著那些古早的音樂，何嘗在乎過「發燒」與否？那些歌的創意和才氣，即使用最最陽春簡陋的器材播放，仍足以撼動人心。

「大神級」資深製作人李壽全曾經跟我說：他製作完一張唱片，在後製錄音室完成混音和母帶後期處理，會先用錄音室裡專業級的監聽喇叭仔細聽一遍，再把母帶錄成卡帶，拿到樓下電器行找一台最便宜的手提錄放音機放一遍。若是這麼聽起來也不錯，纔算過關。畢竟流行歌曲從不單單為了發燒音響而存在，它將在計程車上、在便利商店、在麵館的電視機前被聽見。真正厲害的「發燒片」，得要做到「隨遇而安」、「遇強則強」，纔算得上「雅俗共賞」。

李老師的故事給了我靈感。那天我請大家把那只補習班喇叭想像成「四十年前的電晶體短波收音機」，果真奏效，聽眾並沒有被它嚇跑。

講演結束，活動承辦人上來作結，這位混「發燒圈」多年的前輩闡述了一段「發燒友應有的觀念」，令我大開眼界。他說：發燒友常常花太多錢玩音響硬體，卻吝於投資軟體。所以他們努力提倡一個觀念：器材成本與唱片收藏，應該至少保持「一比一」的比例。也就是每花一萬塊錢買器材，就應當至少買一片CD。

易言之，若你擁有一套百萬音響，你起碼應該要有一百張CD。我暗暗換算了一下：若從架上的唱片數量逆推，我應當要擁有一套價格相當於兩三棟房子的音響系統，纔對得起這個公式。

然而我也很清楚，有太多年輕人的硬碟裡塞滿了十百倍於我畢生蒐購唱片總和的ＭＰ３檔，連續放上幾個月都聽不完，然而他們往往連一副像樣的耳機都沒有，聽音樂最常用的介面是電腦喇叭和手機。他們得之於音樂的快樂，是否品質必然不如遵行「一比二」公式的「發燒友」呢？

所謂聆聽的教養，所謂「發燒」的真諦，我想了很久，依舊沒有答案。

二〇一一

記得那只隨身聽

我們這一輩人的手指，大概都還殘留著做這件事情的觸感：一手握著卡式錄音帶，另手拿一支六角柱形的筆（圓形不行），貫入錄音帶轉輪的孔洞，轉動筆桿，讓拖曳在外的磁帶收攏回去。若是手藝熟練，也有人會像竹籤串肉一樣把筆桿豎高，一圈圈甩動卡帶，讓它自己捲到底，這樣比轉筆桿快得多了。然而萬一失手，卡帶會飛脫出去摔破在地上，或者砸到誰的腦袋。

甚麼時候得徒手捲帶子呢？可能是機器絞帶，拉出迤邐蜿蜒的磁帶，只能慢慢捲回去，還得注意磁帶順向，避免打結。另一種情況，就是隨身聽快沒電了，PLAY尚可運作，REW與FWD卻跑不大動，尤其若遇到九十分鐘甚至一百二十分鐘的錄音帶，磁帶太重，轉輪拉得吃力，乾脆罷工。

啊，這裡遇到一個關鍵詞：隨身聽。

最早的「隨身聽」，正式名稱Walkman，日本Sony公司一九七九年七月研發問世，一九八〇年全球上市。據說Walkman這個怪怪的英文字，在某些西方國家的俚語有「男妓」的意思。上市之初，這不甚「標準」的日式英文還曾引來若干笑罵。

然而，產品夠強的時候，再可笑的原義都不重要了，它自然會創造出全新的意義。史上第一只Walkman是銀藍相間的TPS-L2，要價兩百美金，絕非普通青少年供養得起。但Walkman價格很快調降到年輕人負擔得起的水準，配備規格也愈做愈好。一九九八年為止，Walkman在全世界賣了兩億五千萬台，這還不算其他廠牌跟進製作的無數同類產品。反正無論是不是Sony Walkman，我們一律叫它「隨身聽」。

從十六歲那年算起，到二十五歲退伍出社會，有十年的時間，我的包包裡永遠放著一只隨身聽、一副耳機、一疊卡帶，那是隨身聽的黃金時代。第一台隨身聽是接收母親淘汰的舊品，大概有三分之二個便當大，深藍塑膠皮套還附可以扣上去的細長揹帶，讓你把機器掛在肩上。聽收音機得另塞一只錄音帶形狀、附有選台旋鈕的機件，耳機則是一彎鐵片連著兩塊橘色海綿。如今回想起來，那套器材實在古樸得可以了。但那年頭能擁有這樣一台尖端科技結晶，還是挺酷的。

那台古董機沒用多久就陣亡了。隨身聽規格以驚人速度進化，我的第二台隨身聽，也忘了是AIWA還是Sanyo，小可盈掌，內建收音機功能，而且附送耳塞式耳機，整套系統可以輕易塞進口袋，價錢比之前那台古董機還便宜不少。一九八〇年代中期，在光華商場大概三、四千塊錢可以買到堪用的隨身聽。拿壓歲錢去請一台回家，好好珍惜，起碼可以聽上兩三年，值得的。

隨身聽的流行，讓全球青少年立時擁有一座聲音築成、專屬個人的碉堡。無論在公車、課室、球場、餐桌，只要罩上耳機，立刻與世界隔離，刀槍不入。那年頭還有不少專家學者苦心孤詣告誡年輕人聽隨身聽千萬不要開大音量，以免聽力受損。開玩笑，不把音量開大，外界的聲音滲透進來，「自我隔離」就破功了。一旦把自己關進這座碉堡，偶爾難免忘我，演出喜劇。不少人都有過這樣的經驗吧：閉眼聽歌，到高潮處忍不住跟著唱。睜眼一看，全班同學都轉頭瞪著你，還有台上一臉苦笑的老師。

高中男生，球迷特別多。遇到中華隊參與的國際賽事，又偏偏是上課時間，則起碼一半同學無心聽講，用各種稀奇古怪的方式偷聽電台轉播。忘了是哪一場至關重要的棒球賽，兩隊纏鬥良久，終於有一支安打，讓中華隊逆轉勝。原本闃靜的校園瞬時爆出哄堂的歡呼，把所有正講著課的老師都嚇了一大跳。

後來一個隔壁班的告訴我，他們老師很上道，進教室先問：「現在幾比幾？」，然後派一位同學代表監聽比賽實況，有變化隨時回報。

上課時間偷聽隨身聽，其實挺費事。即使耳塞式耳機已經全面取代耳罩式，耳朵掛著兩條黑線還是未免太醒目。有人把隨身聽放在抽屜，耳機線穿進衣服下襬，一路蜿蜒從後領穿出，耳機從左右耳後沿著上端繞半圈塞好。有人為了避免「忘情」事件重演，只聽單邊，耳機線一樣從下襬進來，從衣袖穿出，然後以手支頤，遮住那條線，佯裝專心思考貌。那年頭耳機漏音嚴重，音量稍大，歌聲與節奏樂器的高頻就足以傳到兩排座位以外，所以誰在偷聽，一「耳」瞭然。只是老師卻好像不怎麼注意，足見「青少年聽力遠勝中年人」，或許確有其事——前陣子不是有許多中學生熱中用一種超高頻的聲軌當作手機來電答鈴，據說只有十八歲以下的孩子纔聽得到？

買了隨身聽，有了自己的碉堡。接下來最重要的事，就是用卡式錄音帶築牆。我的房間書桌靠牆正面便是一疊疊卡帶砌成的牆，總有幾百捲吧，時不時會「坍方」，那是因為常要把壓在下面的卡帶抽出來聽。

一九八〇年代末，一捲正版錄音帶大約是一百或一百零五元，後來像計程車起跳價一樣五塊、五塊地漲，到一九九五年我退伍的時候，已經賣到一百三十元了。起初翻版、盜版的市場仍然很大，據說一九八〇年代末的唱片市場，正版與盜版的比例是一半一半，也就是說，當年賣破百萬張的葉啟田《愛拚才會贏》，實際流通量在兩百萬捲之譜，等於彼時全台灣總人口的百分之十。我的長輩常憶起早年舶來音樂珍罕難尋的年代，唱片行往往兼營「代客錄音」服務，替客人把他選定的歌拷成卡帶，酌收工本費。這項業務到了我的青春期倒是不常見了。不過，我代人應該都記得夜市地攤「三捲一百」的豪氣行情。

很可惜，我迷上的那些老搖滾，夜市地攤是找不齊的，也很難有「三捲一百」的行情。許多傳說中的偉大專輯，連正版錄音帶都壓根兒沒處找。一九八〇年代末，正是台灣引進西洋音樂的轉折時期。早年國外作品著作權混沌不清的環境，「翻版」生意未必違法，一九七〇年代的翻版市場非常精采，許多未必暢銷也未必主流的作品都可以在台灣買到，價廉物美，滋潤了不只一代人的文化教養。一九八〇年代中期，台灣唱片公司陸續取得國際集團正式授權發行「代理版」，那些原本充斥市面的「翻版」一下都變成了「盜版」。那些在唱片公司「西洋部」工作的前輩往往極有使命感，不但系統引進經典作品，還親自撰寫深入淺出的導聆文字。那一張張附在卡帶盒裡的歌詞與解說文、一篇篇印在卡帶背面「側標」的介紹文案，常可嗅出那股地下黨秘密結社的氣味。他們既像盜火的普羅米修斯，也像燃燒熱情的傳教士。

從南海路重慶南路口坐公車回家，常在信義路師大附中對面下車，站牌後面就是一家小小的唱片行。除了滿牆的卡帶，還真的有許多黑膠唱片。那該是一九八七年，我開始瘋聽搖滾，大半零用錢都貢獻給了那家如今連名字都不記得的小店，換回許多「砌牆」的磚瓦。還記得在那間店看到翻版的披頭「紅碟」、「藍碟」精選輯，都是雙唱片套裝，價錢不便宜。我在那邊流連一個多月，每次進店都要先確定它還在原處，拿起來看看，再依依不捨地放回去。後來終於攢夠了錢，把「藍碟」請回家，那是我最初擁有的披頭唱片。

再怎麼積極引進，代理版卡帶的品項也不可能含括所有樂史經典名盤。黑膠唱片太貴，不能常買，若要補足地圖上欠缺的角落，仍得往盜版的世界挖寶。後來讓我貢獻最多零用錢的那家唱片行叫「瀚江」，僻處大安路巷弄深處，外觀完全是普通民宅。穿越小院、登堂入室，常會看到成群穿著鉚釘皮衣、鬚髮暴長的重金屬黨徒，擠在一處觀賞一極小螢幕播放某南美洲重金屬團演出的實況錄影帶。店員是個叫胡必烈的小伙子，精通各家樂史門派掌故，據說也是吉他高手。後來他變成了極厲害的錄音工程師，到中國大陸發展，參與了幾張重量級搖滾專輯的幕後工作。

「瀚江」前身叫「三星」，專門翻版經典搖滾、重金屬、新世紀音樂與爵士樂，品味相當到位。櫃檯後面的門推開，裡面房間是一整面錄音機砌成的牆，可以同時翻錄好幾十捲卡帶，那就是他們的翻版工廠。「瀚江」出品的卡帶每捲七十塊，幾乎都是ＣＤ翻錄，音質頗佳。內附Ａ、Ｂ面貼紙，得自己寫上專輯名稱自己貼，頗有ＤＩＹ樂趣。「盜亦有道」，他們做的是普及知識的文化事業，一旦某專輯在市面有了正式代理版，他們就會把自家的翻版從唱片行回收銷毀。這一點，讓我始終對他們心存敬意。在我房間砌起的那面牆大概有一半是瀚江卡帶，那是何等重要的啟蒙。

高一那年，班上坐我隔壁的傢伙需錢孔急，賣給我一副紅色塑膠殼的隨身聽外接喇叭，要了我三百塊（現在想起來，以那副喇叭的材料品相，好像還是買貴了）。我總算可以在自己房間大聲放音樂，擴大這座以音牆築成的「堡壘」領地——一副醜不啦嘰、音質可疑的塑膠喇叭，一只三千多塊的隨身聽，和一堵豎在書桌前的卡帶牆，便是我青春期的天堂之門。往後這些年，我的音響系統隨年歲見識慢慢升級，耳朵也漸漸世故挑剔。但我心裡明白：再發燒的系統，也不可能帶來那只隨身聽所曾贈予我的，如此密集、如此豐美的啟蒙震撼。

二〇一一

消失的貝斯手

在電台訪問五月天，談到唱片製作期間種種甘苦，貝斯手瑪莎自嘲道：搞到最後，他的樂器還是常常等於不存在。意思是說：樂迷聽音樂假如用的是筆電喇叭或者幾百塊一副的小耳機，聽的又是抓來的解析度欠佳的ＭＰ３檔，音質自然不能要求，「低頻」總是率先被犧牲掉，貝斯手就變成了「隱形人」。哪管你在錄音室耗費再多工夫，也只能是白忙一場。

鼓手冠佑也有他的委屈：一套鼓組，錄音常得動用十幾支麥克風，精調細校，纔能錄出精確澎湃的音場。然而那種種費心，遇到陽春的播放器材，往往只剩那顆小鼓依稀可辨，其他都在背景糊成一團，難分難解。

主唱、吉他、貝斯、鼓，是搖滾樂團的基本「四大件」元素。貝斯和鼓或許不若主唱和吉他出鋒頭，它們合力鋪陳的「節奏部」，卻是一艘船的龍骨，一首歌的脈搏，穩住結構體的樑柱。假如你有稍微像樣的聆聽器材，當能分辨箇中巧妙。最起碼，瑪莎和冠佑不至於被誤為「隱形」。所謂「稍微像樣的器材」，並不需要直奔「發燒」等級：一副好一點的耳機、一組床頭音響、一對能分別高中低頻的電腦外接喇叭，就可以聽出很大的差別了。假如你願意以「認真樂迷」自許，這一點兒投資，也算是回報那些用心作品起碼的美德吧。

但是話說回來，我也不覺得「聆聽器材」應當構成欣賞流行音樂的門檻——在流行音樂的世界，就算用最陽春、最簡陋的器材，好唱片放出來仍然是好唱片。我們的長輩四十年前抓著一只電晶體收音機，狂聽美軍電台那些西洋熱門音樂如同聆聽神諭，豈會計較甚麼音質？哪種音樂若是缺了「發燒器材」就不成立，那麼它多半不會是甚麼入流的作品。

自古以來，流行音樂從不是為了測試發燒器材而做（雖然有一些錄音很棒的唱片會被拿來當測試片，但那畢竟不是作品的本意），正因如此，一首厲害的流行歌曲，在幾乎任何時間任何地點以任何器材播放，都能擊中你的心坎，無論那是計程車上偶爾聽到的一段電台節目、麵店電視機播放的一則廣告、或者臉書上一條 youtube 轉貼鏈結。

厲害的音樂人能讓作品適應各種條件的聆聽環境，「遇強則強」，若真的搬出發燒器材「鑑聽」，也能兵來將擋。要做到這樣的境界，未必非得砸大錢、搞排場。真正要緊的，是做唱片的人得有敏銳的直覺與耳力。

一九八六年，陳明章為侯孝賢《戀戀風塵》錄配樂，用的是一把六百塊的破吉他。大家都窮，也沒太多錄音室經驗，只能邊想邊錄。最後交出來的成果，不但拿下法國南特影展最佳配樂，後來還獲頒金曲獎年度最佳錄音、最佳演奏專輯。「交工樂隊」的兩張專輯《我等就來唱山歌》、《菊花夜行軍》都是以美濃燻製菸草的「菸樓」當成錄音室。酷暑天氣，人人汗流浹背，蒼蠅成群停在音控台上。常常唱到一半，外面豬叫狗吠，只好重來。這樣的條件下，他們「窮而後工」，做出了兩張曠世經典。

二十一世紀唱片業崩盤，電腦工具降低了做音樂的門檻，年輕世代DIY樂此不疲，反倒是八、九〇年代台灣樂壇黃金時期在幕前幕後孕育的一整代將才，老輩人做唱片的手藝、衣缽無人可傳。近來聽到真正堪稱老辣的作品，仍然只能出自老將之手：黃韻玲與鍾興民合力製作的《美好歲月》和《永恆。承諾》、製作人林揮斌和萬芳合作的《原來我們都是愛著的》、李宗盛的〈給自己的歌〉和〈山丘〉，都是雍容、細膩、大氣的傑作。只有真正見識過江湖世面，打過大規模的戰役，出手纔能如許厚積薄發、游刃有餘。這樣的作品，在這慣常以粗劣器材消費音樂的時代，就像守著老鋪夜夜費勁熬高湯的頑固廚師，面對一群群被味精麻痺了舌頭的食客，總是多少帶著點兒寂寞的況味。

我以為，流行音樂的聆聽也有「樂迷的教養」。一個理想的樂迷，最好對「唱片是怎麼做出來的」保持一點兒好奇。他會關注幕後工作團隊的名單，並且多少懂得分辨製作、錄音、編曲的細節與高下。他的聆聽是「見樹又見林」，既不至於偏執地以「聽音響」取代「聽音樂」，又能夠辨別用心的作品箇中種種講究。

他不隨便成為「粉絲」，卻知道在適當的時候容許自己在樂聲中舞蹈歡哭。他知道音樂這門藝術，起碼有一半的生命是活在現場的舞台，所以他會去看現場，並不以唱片為音樂的全部。

他知道「歌無定法」。有時候「對」即是「美」，有時候「氣味」即是「手藝」。所以他不預設立場，保留機會，讓自己接受意外的驚喜。

他知道對一個認真有sense的音樂人最好的回贈，就是認真看待他的作品。在這樣的時代，樂迷愈懂行、愈挑剔，就愈有可能刺激出真正精采的作品。

二〇一四改寫

一九六八年左右的電晶體收音機。

作者跋

「耳朵借我」一詞靈感來自披頭的〈靠朋友幫點忙〉(With a Little Help from My Friends)。鼓手林哥(Ringo Starr)愁悒而撒嬌地唱：

Lend me your ears and I'll sing you a song
And I'll try not to sing out of key

演唱會上，歌手high起來常對觀眾高呼「把你們的手借我！」——我便是抱著這樣的心情，招呼打開這本書的看客：「來來來，耳朵借一下，說幾個故事給你聽。」

《耳朵借我》是我第一本專講「中文世界」的音樂文集，成文於二〇一〇到二〇一四之間。大半文字來自《財訊》和《小日子》雜誌專欄，由於篇幅固定，得想清楚文章重點，削去不必要的部分，文氣也因此變得比較敞亮。這段時間，兩岸三地人心浮動，這些文章也如實反映了若干當下的焦慮。

故事裡這些人、這些歌，多少都曾被誤解、被輕蔑、被遺忘、甚至被屏蔽。希望這本書能略略描清伊們的容顏，留下一些不該輕率忘卻的紀念。

這幾年往對岸走動得比較勤，得以靠近一點看看彼地青年的狀態。又在台科大開了課，讓我有機會稍微瞭解一部分台灣青年所思所想。每每當著滿室二十來歲的同學放起那些往往年紀比他們還要大的歌，講起那些故事，總能看到一雙雙眼睛閃現的專注和激動。這些文字若能點亮更多年輕讀者眼中的火苗，於願足矣。

這本書能夠面世，最要感謝合作多年的葉美瑤，和「新經典」每一位細心、認真的同事。感謝魏籽賜圖，她天外飛來的奇思令我驚歎。感謝聶永真的設計，看他為我做的裝幀，總覺得他簡直比我還懂我自己。

感謝李宗盛先生情意真摯而坦誠的序文。無以為報，只能繼續認認真真寫下去了。

但願我的文字對得起那些用心的音樂人，以及這個無數美麗靈魂奉獻了青春與才華的偉大行業。

二〇一四年五月二十三日

文學森林 LF0045

耳朵借我

書衣：150g源圓草香
書腰：140g凱麗亮彩寶珞
封面：8oz永豐餘灰紙板
內頁：100g米色華紙

馬世芳

一九七一年生於台北。著有散文輯《地下鄉愁藍調》、《昨日書》、《歌物件》。大學時代開始在電台引介經典搖滾樂。曾與社團同學合編《一九七五—一九九三台灣流行音樂百張最佳專輯》，編纂《永遠的未央歌：現代民歌／校園歌曲二十年紀念冊》。與友人合著《在台北生存的一百個理由》，合譯《藍儂回憶》，統籌編輯《一九七五—二〇〇五台灣流行音樂200最佳專輯》。目前在News98主持「音樂五四三」節目。部落格：honeypie.org。

封面設計　永真急制Workshop
內頁插畫　魏籽
物件攝影　明室意念工作室
責任編輯　詹修蘋
行銷企劃　傅恩群、曾士珊
副總編輯　梁心愉

初版一刷　二〇一四年五月三十日
初版五刷　二〇一九年四月三日
定價　新台幣三二〇元

ThinKingDom 新経典文化
發行人　葉美瑤
出版　新經典圖文傳播有限公司
地址　臺北市中正區重慶南路一段五七號一一樓之四
電話　02-2331-1830　傳真　02-2331-1831
讀者服務信箱　thinkingdomtw@gmail.com
部落格　http://blog.roodo.com/thinkingdom

總經銷　高寶書版集團
地址　臺北市內湖區洲子街八八號三樓
電話　02-2799-2788　傳真　02-2799-0909
海外總經銷　時報文化出版企業股份有限公司
地址　桃園市龜山區萬壽路二段三五一號
電話　02-2306-6842　傳真　02-2304-9301

耳朵借我 / 馬世芳[作]. -- 初版. -- 臺北市：新經典圖文傳播, 2014.06（文學森林：LF0045）
ISBN 978-986-5824-21-1（平裝）

855　　103008657

Lend Me Your Ears by Ma Shih Fang
First published in Taiwan, May 2014
Publisher: Maudlin Yeh
Jacket design by Aaron Nieh